ごっこ

紗倉まな

講談社

目次

装幀　名久井直子
装画　朝野ペコ

ごっこ

聳え立つ山々の稜線が白に塗り替えられ、車に衝撃が走った。

　レジャー帰りの車たちが渋滞をなしている高速道路の上り車線で、わたしたちはそもそも止まっていた。目の前には車間距離をやけに短くとったアウディが一台いる。少しの間を置いて、その衝撃が走ったのは助手席に座っていたモチノくんがサービスエリアで購入した、なんたらフラペチーノをフロントガラスに無惨にも叩きつけたからだと知った。ゆっくりと辺りを見回したものの、車の内側で起きたその爆発は、世界からするととても小さいものらしかった。

　その余波でダッシュボードから、カップがハンドルを握る手元に転がってくる。フロントガラスに鮮烈に散らばったホイップ混じりの液体が、プチプチと情けない音を立てて枝垂れ、わたしは呆然と固まった。

「……えっと。」

上半身を左に捻って、ようやくの思いで声を出した。早速、張り手が飛んでくる。彼が腕を振り上げる、その見慣れたモーションに次の動きの予測をつけ、張り手を受ける方向に、力の軸をずらす。階段から滑り落ちた時だって、ああ、落ちたから仕方ない、と抗うことを諦めた方が不思議と痛くないし、痣も残りづらい。

モチノくんは一発目の鬱憤を晴らすと体を丸めてダッシュボードにしがみついて、ぼそぼそと小言を吐いている。わたしは防衛本能が強く働きすぎてしまったのかもしれない。無言のままで至極渋い表情を作り、一定のリズムで頷いていると、「……いいからもう、お前はでてけよぅっ！」とモチノくんが容赦なく叫んだ。馬の悲鳴みたいに妙な甲高さと鋭さを持ったモチノくんの罵声が、わたしの耳をつんざいた。

いくら六つ年下とはいえ、一人の男性があげた声だとはとうてい思えない。ただでさえあどけなさが拭えない顔立ちで、怒鳴っても最後の語尾が塩をかけた蛞蝓(なめくじ)みたいに萎れて、完成度の低い暴力というか、どうにも様にならない。そんなことを考えてしまうわたしの口角はきっと笑いを縫い留めたように歪んでいたはずで、随分と迂闊だった。どこか余裕に満ちて失笑するわたしの表情を、モチノくんは決して見逃すはずがないのに。ぎいともぐうともつかぬうめき声を徐々に強めていったモチノくんの手足が暴れて、伸びる。冷房のダイヤルをマックスにした次の瞬間、わたしの髪を鷲摑む。お団子にゆったことを後悔したのは、その形状が摑みやすいグリップと化して振り回されることとなったから。

エアコンの風が猛烈な勢いで口元に吹きつけ、息ができなくなる中、モチノくんのシャウトは続く。

「降りろっ、降りろよぉっ！」

その結果、追越車線でサイドブレーキをかけたままの車の運転席から、わたしは降ろされた。モチノくんのあまりの剣幕に慄いて、慌ててドアを開けたのち転げ落ちたのだ。ドアの強く、閉まる音。外気に触れた途端、皮膚を覆っていた薄い氷みたいな層がじわじわと溶け出して、痛みが攪拌されていく。

上空に白い雲が浮かんでいるのを眺めながら、ああ、また何かうっかり口を滑らせてしまったのだ、と思う。いつの間にか生成されていたモチノくんのしんどさを、また看過してしまった。

とはいっても、なんだ？

サービスエリアでアメリカーノを買ってきてと頼んだのに、ドリップコーヒーを買ってきていそいそと助手席に滑り込んだモチノくんに、この違いは大きいんだぞ、いい加減にしてくれと持論を展開したところから着火したのだろうか。注文が入るたびにエスプレッソを抽出する手間をかけるアメリカーノと、ただの作り置きを注がれるドリップコーヒーには圧倒的な違いがあると、懇切丁寧に教えた矢先の出来事だった。

彼曰く、そもそもわたしは彼の胸のなかに湧き上がる細やかな機微を読み取れず、寄り添うことができないらしい。四角四面の調子のいいことしか言えない、つまらない人間というのが、モチノくんがわたしにくだす冷徹な評価だった。その割に、何に対して怒りを示しているのかは明確に教えてはくれない。将来もし子供を産んだらこんな感じで理不尽に振り回されるのだろうか、などと悠長に考えている時点で、モチノくんが望むモチノくんの理想像を、わたしが破壊し続けているのだろう。

周囲の車からは絶え間ない視線を投げられている。高速道路に人が立っているだけでも目立つのに、囚人服のような赤白ボーダーの楪図かずおTシャツの縒れた具合も、ゆったお団子が瓢箪みたいな形に崩れてほつれた毛先が揺れながら西日を通して輝いているのも、不本意な衆目を浴びるのに、充分すぎる異様さを際立たせているのかもしれなかった。車の屋根を撫でつけた風が心地よく頬に当たる。その中には初夏のぬくさが幾筋も混じっていた。

後方を振り向くと、聳立（しょうりつ）する富士山の頂に鱗雲が寝そべっている光景がため息が出そうなくらいにきれいで、ここが高速道路の上でなければきっと、景観スポットとしてカメラを構えたくなるだろう場所に違いなかった。後ろのフォルクスワーゲンに乗って怪訝そうな表情を浮かべる老夫婦へと目を向けると、彼らはさっと目を伏せて視線を散らばせた。車内の会話が彼らの唇の微かな動きから読み取れるような気がして、たちまち憂鬱な気持ちが胸の辺りで、じんわりと広がる。

もしかしたらわたしは今、膝から崩れ落ちてガックリと項垂（うなだ）れながら、今日もまた彼の爆発に負けてしまいました――そう雄弁に訴えてもよいのかもしれなかった。オーディエンスはそれくらいに揃っていた。涙をたたえた女性たちが、私も、私も限界です、と次々に周囲の車からドアを開けて降りてきて――どうしてこうした時に思い描く被害者は女性ばかりなのだろう、わたしは被害を訴えるのに性別など問わないというのに――集まった人々によって早急に被害者の会を発足させ、足並みを揃えて上り車線をデモ行進することができたかもしれない。そうして東京に到着する頃には、ＮＰＯ法人の人々が、腰も足も限界を迎えて弱りきっているわたしたちを、腕を目一杯に広げて、甲斐甲斐しく待ち構えてくれているだろう。夫の不貞、彼氏のドメスティックバイオレンスの被害報告に深く頷き、傾聴してくれながら――しかしなぜこうした時に思い描く加害者は夫や彼氏なのだろうか、わたしは加害側が別に彼女でも妻でも厭わなかった――……それで、その後のわたしの人生は、どうなるんだっけ？

運転席の窓ガラスが下がった。

助手席から運転席側に身を乗り出したモチノくんに荒く手招きされたので、許された思いになって、恐る恐る、近寄る。

「悪かったよ」

後続車がクラクションをプッ……と控えめに鳴らした。わたしがパフォーマンスの一環でしぶっていると、次第に、戻ってくれよ、お願い、とモチノくんの態度からはすっかり棘が抜けて、眉を顰めてわたしの瞳を見つめている。細い緑色に縁取られた、淡い、としかいいようのない彼の澄みきった瞳を、今日初めてしっかりと見たような気がして、格別なものぐるおしさが、胸の内から湧きあがった。

車に乗り込むと、助手席のモチノくんはいつの間に座席を倒したのか、隣の車両からは見えない角度にまで横たえたシートに寝そべって、なんの面白みもないルーフライニングをぼんやりとみていた。

渋滞は少し進んで、また止まった。

前方の景色が白く霞んでいるのがやはり気になって、コンソールボックスからウエットティッシュを取り出す。数日前、車中でことを致した時に使ったのち、モチノくんは蓋を閉めるのを忘れたのだろう、乾き切っていて使い物にならない。ティッシュよりも繊維が荒いそれで拭いても、蜂蜜やらホイップやらが余計に引き伸ばされ、ねちっこい跡が残ってしまう。「これ、何フラペチーノだっけ。美味しかった?」

「……さあ。知らね」

面倒臭そうにモチノくんは息を吐いて、また黙った。わたしの視界の高さから彼の姿はずっと消えている。これは長引きそうだな、と諦めてサイドブレーキをかけた。

前方のアウディはいつの間にか消えて、輸送トラックに変わっていた。緑色の幌が捲れ、下の裸の金属が曝け出されているせいで、照り返しが強く目を射る。銀色の魚眼レンズみたいに歪曲した側面に、覇気のないわたしの顔が映し出されている。サンバイザーを下ろし、適度にポンピングブレーキを踏み続けてから発車すると、モチノくんは具合が悪そうに身を捩らせた。

前のトラックがトロトロと少しずつ左に進みながら白線を越えた。居眠りか、と訝しんだが、

「虹」

とモチノくんが発した声に気を取られて、わたしもタイヤの軌道が左へと持っていかれる。身をかがめて上空を見上げると、うっすらと消えかかった虹が空に引っかかっていた。一向に進まない気配に嫌気が差して「渋滞の先頭って一度は見てみたいよね」と独りごちてみる。

「……見たところで、どうすんの」

モチノくんはドアのポケットに置いてあった残り少ない烏龍茶に口をつける。「そもそも渋滞の先頭の定義は？　言ってみなよ」

煽るような口調だけど、反応を示してくれたことが嬉しくて、「そりゃチロチロ動き出すところでしょ」とわたしは慌てて言った後、「土日しか運転しないペーパードライバーがやけに慎重になってサグ部でトロトロ無意識に減速してるんだよ、きっと」と続けた。

「いや、そういう話ではないんだけど」モチノくんの声はまだ尖っている。

「それに今の話だと渋滞の先頭じゃなくて解消の先頭だよね」

「じゃあ、解消の先頭の一台後ろが、実質の渋滞の先頭ってこと?」

「……もういいや」

モチノくんはまだ少し不貞腐れている様子で、キャップを目深にかぶって腰を深く座らせる。解答が決まっているなら、初めからそう言ってくれればいいのに。

「ねえ、途中でまたサービスエリアに寄ろうよ。そんで新しいやつ買わない? 海老名で肉巻き棒も食べようよ、モチノくん、食べたことある? やっすい味なんだけど、なんか無性に美味しくて沁みるんだよね、肉巻き棒」

「オレ、別に腹は減ってない」

「……そっか」

剣呑な雰囲気をもう少し作っていたいのか。沈黙に徹して電光掲示板の「事故渋滞10km」という表示を見遣る。

日がさらに傾いてきて、車中に満ちている光が一気に柔らかく広がり涼しくなった。

少し前傾になって天を仰いでいると、東の方から流れてきた二羽の鴉が、車の前で低空飛行して舞い上がる。二羽は番(つがい)のようで、互いが互いにひっぱられるように旋回しながら移動し、くっついたり離れたりしながら、気紛れに舞っている。一瞬の煌めきが、あっけなく通り過ぎていく。

　モチノくんは少しだけ背もたれを起こして、前方を見るともなく眺めていた。さっきの虹みたいに、わたしが気づかない何かを空に見ているのだろうけど、教えてはくれない。

　ジリジリと進む分岐点を抜けると一気に渋滞がとけて、膨らみを持っていた車たちがスマートに流れ始めた。右側の車線で、バンパーを大きく損傷したＳＵＶが警察に取り囲まれていた。スピードを落としていた左右の車たちがゆっくりと通り過ぎ、スピードを取り戻していく。ここが先頭か、と思いながらぐっとアクセルを踏み込む。

　しばらくすると、モチノくんは無音のままで、泣いていた。

　あまりにも静かに泣いていたので、気づいていなかったわたしはぎょっとして、前方の大して代わり映えのない景色と、彼を交互に見遣った。

　どうしたの、と尋ねたけれど、開いたままの瞳から大きく雫が垂れるのみだ。

　彼は首を振った。お前のことじゃない、とだけ言う。絞り出してまた、悪いけどミツキさんのせいじゃないよ、と丁寧に言い直して、繰り返す。

　不意の悪意に打たれると、面食らってしまう。彼の涙を呼び起こすような記憶の舞台に立てないのは悲しい。とはいえ、ここで安定剤に頼るのは乗り気ではなかった。でも服用しないことで、こうして彼の不安がその身を撓ませているのだとしたら、車に乗り込む前にやはり多めに飲ませておくべきであった。モチノくんは過剰に薬の効果を迷信して、依存する傾向があるのだ。短時間でもまどろまないと新たな鬱にさいなまれ、荒技で生き急いでみたってどうしようもないのに、次々に錠剤を口に放り込んで、ぼりぼりとフリスクよろしく咀嚼しながら唾液で流し込む。以前、なんとなしの不安に駆られて大量に溜め込んだストックの錠剤を取り上げたところ、モチノくんは首に巻き付いた真綿を引き裂くがごとく盛大に暴れた。なんで泣いているの、と投げかける質問自体が、野暮だったのだ。そういうのがもう呆れて余計に泣けてくるんだよ馬鹿やろう、とモチノくんは嘆いた。

沈黙が続いていた。適当な気遣いを投げかけても、全てモチノくんにあたってはじかれてしまう。得体の知れないものを助手席に乗せてしまった気分だ。

夜がおりてきて、両側に連なる住宅街が蒼く翳ってきた。

「涙で滲んだ風景を撮ってみたい」

車窓に映った彼はポツリとそう言って、彼自身と目を合わせていた。その横に小さく映り込んでいたわたしの顔は随分と間抜けで、日に焼けて土偶のような色合いの肌には化粧っ気なんてひとつもなく、こんなことではモチノくんにますます嫌われるだけだった。

出会った時も、モチノくんがあのやけに澄んだ瞳を広げて――ミツキさんってハンギョドンに似てる――と言い、すぐさま期待に胸を膨らませてスマホで検索したのち、それが鱈子唇で目の離れたキャラクターであった際にも、似たような絶望を抱いたものだった。

「レンズを軽く濡らすとかではダメなのかなあ」

「泣きながら車に乗ったことはないの?」モチノくんは赤らめた鼻を啜っている。運転しながら泣いていたら事故に遭うじゃん、と失笑を交えて言いかけるのを、なんとか押し留めていると、

「ミツキさんは泣かないようにしているの、それとも泣けない人種なの?」

なんだ、その人種って。横の車線を葬儀屋みたいなベンツが通り過ぎた。こういう時に咄嗟に車種でも調べて、横で蘊蓄なんて語ってくれたら面白いのに。過去を振り返るような話ばかりを、モチノくんは好む。

「わたしだって小さい頃は車でも泣いていたと思うけど、あれは一体どういう理由だったんだろうね。忘れちゃった」

「ふうん」と彼はやはり興味がなさそうに相槌を打つ。

「あ、逆だ」ふと思い出した。「車に乗ると安心して、涙が引っ込んだんだ。だから違う、

泣いていたのは車に乗る前で、じっと光の灯る夜景をみているうちに静かに宥められて、揺れて、揺れるから安心して、眠りにつけたんだ」

モチノくんは、そっか、とドアの方に顔を向けた格好で背を丸める。しんどかったら寝てていいよ、と片手で彼の腕を撫で、合流車線から入ってきた車を勢いよく煽った。

逃亡を始めた時は、モチノくんのご相伴に与ることができたことに、ただただ浮かれていた。

免許を持っているわたしがレンタカーの利用手続きをしている際も、そのやりとりに関連する何にも組み込まれることがないように、モチノくんは他人事の風情と姿勢を貫いていた。

レンタカーを借りたものの、あてもなく環八道路を走らせていると、「都内は車なんか必要ないよな。停めるところも無駄に高いしさ」とモチノくんの小言が始まった。呪詛みたいに、そこからが長い。こういうところが、心底めんどうくさい。でも、これも込みで付き合わなければ、モチノくんのいいところも一緒に味わうことはできない。「だって駐車場代だけで一部屋は借りられるんだよ？　そもそもシェアリングの時代なんだから、今は」

「うん、そうだよね。所有したら赤字だよね」とわたしも、柔らかく頷いてあげる。

「もうさ、俗っぽい価値なんて、見栄にも自分を誇る財産にもなり得なくなってきてるのにな。その辺りに縋っているのは元号を二つ跨いだ前の世代くらいじゃないか？　車好きとかいって、数台持っているやつも安っぽいよなあ。そんな身を飾る卑俗な所有物なんかより、もっと得るべき大切なものがあるよ」と得意げに続ける。

そうかな。わたしは三十一で、二十五のモチノくんとは年齢的にも大差はないと思っていたけれど、相対的な価値の感覚は、既に違うのかもしれない。決して種類には詳しくはないけれど、花も車も目に触れるところには飾って生きたい、ものを持つことの重みに触れていたい。

「で。どこへ最初、逃げる？」

とわたしは聞いた。

窓を開ければ隣のアパートの壁が顔に迫って現れる、あの狭いわたしの部屋に招いても、ラブホテルの一室で添い寝をしても、歓楽街に連れ出して屋台を練り歩いても、モチノくんが何か、納得していないのはわかっていた。スケールがあっていないのだ、きっと。その辺の手頃さでは彼のインスピレーションの供給が追いつかない。でもスケールがあう場所ってどこだ。エアーズロックとかモニュメントバレーあたりでないと無理だろうか。

モチノくんは沈思した後、ぽつぽつと願望を語り始めた。

彼が搾り出して提示してきた最初の場所はまさかの富士急ハイランドで、死ぬ訓練を兼ねているのだと真剣に言い放つところまで、吹き出すのを堪えて傾聴するのは、なかなかにたいへんだった。かすかに残っている、ないしは生まれるはずのなかった母性が、殴られて熱を帯びた頬のことも忘れるほどの途轍もない勢いでもって、頂点に到達した。運転免許を二回も取り損ねて、その試験の内容にくどくどと文句を言う大卒のくせに。馬鹿なモチノくん。感受性が豊かすぎておかしくなってしまったモチノくん。だから、どこへでも連れて行ってあげる。そう心から思った。

幹線道路に面した、都内では珍しい大型のホームセンターに立ち寄った後、コンビニでも買い物をして、どこか浮かれた様子のモチノくんを横目に、用賀ＩＣから東名に入った。これじゃ逃亡ではなくて、ただのピクニックだと思いながら。

それから、早十日になる。

渋滞はさっきの一度きりで、スムーズに東京に向かっていた。御殿場市に入ったところで、雨が降ってきた。

ワイパーが二秒に一回、降っているのかわからない程度の小雨を右端へとよせた。ゴムが薄くなっているせいで、削ぎ落とすような不快な音を立てている。高速の脇にはソーラーパネルが一面に敷き詰められていて、曇り空を映して濁っていた。新東名から東名高速に切り替わり車線が四つに広がって、一気に走りやすくなった。

フロントガラスの両脇へと流れていく雨粒を目で追いながら、さっきのモチノくんの話と雨には類似性があるのではないか、と後部座席に積まれている一眼レフのことをふと思い出した。安易だろうか。いまがシャッターチャンスなんじゃない、と口を開きかけた矢先だった。肉眼シャッターが切れればいいのに、とぼんやりと、しかししっかり聴いてほしいといわんばかりの粒だった口調でモチノくんが言った。

「ニクガンシャッター？」

「泣いた時の視界って世界が膨れ上がって、こう、持ち上がるんだよな。瞼で押し上げられた水の上で起きることなんて、容易く再現できないんだよ。見ることでしか獲得できない表現ってあるんだ。だから見たままを記録できる装置ができるといいなって、オレ、昔からずっと思ってた」

それよりもわたしは数日前に乗った、FUJIYAMAあたりでうしろに持っていかれた首をどうにかしたかった。捻るのも痛いせいで可動域が狭まって、筋肉が凝り固まっているのがわかる。鞭打ちでも起こしたかもしれない。

モチノくんを丹精に舐めるのに尽力するのも、さらなる痛みの増幅を引き起こしているに違いなかった。口内射精が最高に好き、とこだわりを押し付けてくるのは別にいいものの、ただ、達するまでが長い。わたしの舌使いを子守唄か何かと勘違いしているのか、モチノくんはすぐに船を漕ぎ始めるが、あの上下運動は顎のみならず頭部への負荷がやけにでかいのだ。

片手で首筋を押さえていると、

「ミツキさん、危ないからちゃんとハンドル握って」

と教習官のようにモチノくんが横槍を入れてくる。気を抜くタイミングもないままに運転手を務め続けている。

モチノくんは案の定、ビビリだった。

ジェットコースターの座席に並んで座り、ええじゃないかええじゃないかと不安を煽る手拍子に見送られ、空に向かって持ち上げられると、

「人間って馬鹿だよな。高いところに登りたくなるし、落ちてみたくなるんだから」

などと靴を脱いだ両足を空中でぶらぶらさせながら、随分と間抜けなことを彼は言った。遠く眼下に、長く寝そべっているような高速道路を見遣り、

「あそこに戻りたい。一番幸せだったんだよ、あの頃が」分厚いセーフティーバーに守られたモチノくんの、やけに感慨深そうな声が聞こえた。

「なんですぐに刺激に逃げたがるんだろうな、人間って。オレ、死ぬ時は別に、ここまでバカ高くなくていいもん。もっと低いところからで十分だし、それで十分に死ねるし。ここまではオレ、別に求めてな――」

で、落ちた。それがすごく良かった。回転している時も、モチノくんは目を細めて、全方向からかき集められた空気に抗うように手足をバタつかせて、泣いていた。涙が顔の端へ、下へ、上へと体をくねらせながら流れていって、わたしはそんなモチノくんを、頭の中で一度スケルトンにした。健康的な彼の臓器の一切合切が反転させせられて、もみくちゃ

になっているモチノくんの内部までが、笑っちゃうくらいになんだか愛おしくて仕方なかった。

助手席に座るモチノくんは何が心配なのか、シートベルトを常時、握りしめている。泣きたい、と唐突に思った。わたしだって泣きたい。

「ねえ。お願いがあるんだけど」無視を決め込んでいるのか返事がない。粘って話しかけ続けていると、「何」と、にべもなくモチノくんが返す。

「泣かせて」

「は?」

「お願い、泣かせてみてよ」

「……いや、なんで?」

「何に泣きたいのかはわからないけど、泣きたい気分なんだよ。そういう時ってない?」

「そういうの、オレ無理」と裁ち鋏で切ったように小気味のいい断り方をされた。彼は渋い顔をして、「あと、今この状況でミツキさんが泣くのって、ちょっとこえーから」とつづけた。

返事をして取り合ってもらえると、縋りたくなってしまう。悪い癖かもしれない。

「だってシェアする時代なんでしょ？　モチノくんの感情もシェアしたい」

「……そういうことじゃねーよ」と再びシャウトされ、押し黙る。

わたしは、これまでの人生で何度かあった苦しかった記憶の中から、涙腺が刺激されそうなものをかき集めた。所謂、一般的には不条理、と括られる部類であるはずのものも、思い出すのに苦労した。脳が、苦しさやその源となる記憶を常に追い出し続けているのだろうか。泣く、という一点に向かって全ての神経を張り巡らせて瞼を強く瞑る。遠くに閃光がちかちかと瞬くような気がする。——さっさと辞めればいいのに。遠くにいた声が駆け寄ってきて、わたしの耳元で囁く。その声の主。そして声の主が身を置く組織。さらに組織が置かれている国。まるまるとした怒りが、いつの間にか矛先を見失う。スケールだけが阿呆みたいに大きくなって、吐息が出る。いつもこうだ。悲しみがすっかり散らばってしまう。

神奈川県に入ります、というアナウンスがナビから流れて顔を上げると、

【ロケ地で楽しめる街　綾瀬市】

という横断幕が陸橋に白く光って揺れている。

続けて、こんな文字が目に飛び込んでくる。

【菜速の野菜の街　綾瀬市】

猛烈な勢いで走り去っていく根菜たちを思い浮かべていると、

【ものづくりの街　綾瀬市】

【神奈川県のほぼ真ん中　綾瀬市】

と次々にあらわれては背後へ過ぎ去っていく。

「え、もう東京着いちゃうんだ」

モチノくんが同じように、横断幕に気付いた。彼の目の窪みがさらに暗く濁った。

「そうだよ、今神奈川県のど真ん中だもの」

モチノくんがぐずり始めるのはこの辺りからなのだ。

【子育て王国　大和市】

もう何だって打ち出したもん勝ちなのだ、こういうのは。

「……」

【七十代を高齢者と呼ばない街　大和市】

「…………」

そろそろ二時間が経ちます、休憩しませんか？

横浜青葉ＪＣＴに差し掛かり、東名川崎、首都高東京と表示された分岐看板が左前方に出現する。

「延長」

とモチノくんが虚脱の目でそういった。

審議するまでもない。逃亡は延長によって続く。また、上り車線から東名を降りて迂回しなければならない。東京に帰りかけたのを、諦める。この反復にも慣れてきていた。

しかし帰る気がないならそうと、最初からいってくれたほうがいい。ガソリン代が一番金を食うといったことにまで、モチノくんは気が回らないのだ。

仕切り直すために近くのインターチェンジで降りた。今となってはお手のもので、幾度となく目に触れたあの横断幕も、東京への距離を把握する目安となってきている。

逃亡資金がそろそろ底をついてきた。会社もクビになってもおかしくないはずだ。何の連絡も入れないまま、鬼のように着信履歴の連なっているのにもすっかり白を切り通していたものの、不安に耐えきれなくなった。留守番電話に吹き込まれたメッセージを昨晩、少しだけ聞いた。社会人として頭がおかしいやらどうしてしまったのやら、引き継ぎもせずに飛んだことに対して怒濤の如く責め立てる調子なのには甚だ気が滅入ったが、一週間も過ぎてくると手のひらを返したように、やれ事件や事故に巻き込まれたのかと心配そうにあれこれを言い、被害届を出しましょうか親御さんに連絡しますなどと言っているが、父はオレオレ詐欺にあってから碌に電話には出ないことから、この辺りはまだ心配に及ぶことではないはず。

　スマホの画面が点灯するだけで憂鬱になる。最初のうちは立て続けだったそれも、全て無視を貫いているうちに間遠になってきた。どこにいても会社から伸びてくる鎖が足枷と化して纏わりつく。モチノくんはそれに引き替え、安逸を貪っているだけで、お咎めからは無縁の人生だ。それでも彼は彼なりにきっと、何かに追われているのだろう。電話とかそういったものではなしに。

　逃亡初日、富士急ハイランドに向かう道中で、降り口を間違えた。新東名と東名の切り替わる分岐点で、どっちも行き先の表示が同じだからややこしいのだ。どうやら新御殿場ＩＣで降りるのが正解だったようで、新東名十周年ありがとうの幟（のぼり）が横ではためき、ナビが不可能なルートを提示する。葛山トンネルに入り、波濤のような防音壁を通っている中、何も気がついていないモチノくんに「ごめん。ミスった」と、おずおずと告げた。

「でも、海がみえる」

たしかに、トンネルを抜けてしばらく走ると左手に海はあった。街と空と海の輪郭がぼやけ、青から紺色までの淡いグラデーションに滲んでいる。

「別に急いでないし。オレはいいいよ」

機嫌がよくてホッとした。

「導かれるままにいくのが一番いいんだと思う、こういうのは」モチノくんがにこやかに海を指差すので、寄り道がてら、近くのインターチェンジから降りた。棚田がぼたぼたと続き、作業の止まった橋梁の補修工事現場を過ぎる。心霊スポットみたい、と興奮して上擦った声のモチノくんが、減速を要求した。

「スカートの中を覗き見ているみたいだよな。こういうのって」

橋梁の太い脚をしみじみと窓から見上げている。わかる、とわたしも頷いた。

「見てはいけないものって感じがするよね」稼働の見られない工事現場で、パイプ椅子に座って足を掻いている作業着姿の男性と、目があった。

県道を突き進むと、宝くじの売り場が見えた。赤文字でデカデカと「大安吉日」と書かれた紙が貼られている。海への入り口を探していると、道路を隔てた向かいに小道を見つけたので、Uターンをして水たまりで水浴びをしていた鴉を飛び立たせ、そこに車を滑らせて停めた。

堤防道路には数台の車が駐車し、中では人が座席を倒して寝入っている。遊歩道の坂の側面にはクロスバイクらしき車輪の跡が残っていて、あとはクロマツが一本、置き去られたように立っているのみだ。海辺には誰もいない。

「本当、どこからでも見えるよな」

モチノくんが手で目に陰を作りながら、山頂部に雪の筋を残した富士山を目で仰ぐ。気温とか湿度とか天候とか、あらゆる条件が嚙み合って空気がさっと澄んだときに、世田谷からも鮮明な輪郭を持った富士山が一望できることがあって、その情景にわたしもそれなりに感動したものだった。

「あれ、ミツキさんっぽいよね」

「何が？」

「富士山」

「え。本当？」

思わず微笑んだ。

「見張られているというか、見下ろされているというか」

「……」

漂着した浜辺の背骨のような流木がそこかしこに転がっていたのを拾い上げてモチノくんをつつくと「なんだよぅっ」とか「やめろよぅっ」と舌打ちをしながらも、ポップコーンみたいに跳ね続けるのが面白くて、何度も続けた。ふざけあうのにも疲れて、二人で波打ち際に座った。陽光を吸収した砂利は熱く、尻をモゾモゾと動かす。打ち寄せる波頭がもつれて白く砕け、足元で泡立つまでをじっと鑑賞していると、

「色気のない海だな」

とモチノくんが馬鹿にしたように呟いた。モチノくんの出身地である銚子の海だって、だいそれたものではないはずだけど、平たい丸石が敷き詰められたこの海岸はたしかに人工的な匂いがして、粒も荒く、浜辺は黒く沈んでいた。「あれ、なんだろう」とモチノくんが背後を指差した、わたしも気になってはいた。十メートルくらいの大きさはありそうだ。茶錆の壁で囲まれたそれは要塞みたいで、浜辺に躊躇なくドカンと置かれていて、スマホで調べると放水路とヒットする。

「中に入れないかな。潜入したい」

意気揚々と立ち上がり「登れないかな」なんて言うモチノくんは秘密基地を見つけたみたいに目を輝かせている。男の子ってどうして錆とか金属とか苔とかに興奮しちゃうんだろ。

「わたしはいいよ。モチノくん、一人で行って来なよ」

「なんで？　嫌なの？」

「近づいたら大きすぎて、嫌になっちゃいそう」

なんだそれ、とモチノくんはせせら笑った。焦れた様子でわたしの横に再び座り込んで、山の稜線で描かれた駿河湾の輪郭を目で追いながら「じゃあ山に行こうよ、山に」と適当なことを言い始める。じりじりと顔が陽光に焼かれるのに飽きて堤防道路の方へと向き直ると、遠目に棒状のものが銀色に鈍く光り、目を射った。ゴルフのスウィングを練習している老人が、そのフォームを固めてこちらを凝視していた。

山といったって無数にある訳で、どのように目星をつけたらいいのかもわからないまま車を走らせた。車はいつの間にか裾野に入り込んだらしく、ナビの画面では薄い緑地内にいる。山というのはどこからが山になるのだろう。そのうちに景色が変わり、倉庫コンテナ風の造りの、黄色と紫の鮮やかなペンキが四方に塗られたどこか異様な雰囲気を発する建物を皮切りに、ラブホテルが数十軒、しつこく連なっていた。モチノくんが気まずさの終わらない風景に辟易したように、

「オレもセックスして飯食って寝るだけで満足する人生だったら、よかった」

助手席で組んだ両腕を頭に乗せ、ふんぞりかえっている。足るを知るって大事だよね、と言いかけて、やはり怒られそうだと口をつぐむ。

鄙（ひな）びた街道沿いには、果樹園と棚田とビニールハウス、田畑を監視するリアルなマネキンがあるくらいで、気づけば、ブナの群生した林道につながった。道の両脇の土壌が獣の口でかじり取られたように大きく削られて、木の根が露わになっていた。なんか怖いね、と呟くと、モチノくんがスマホをいじり始める。

「やべえ。ここ、遭難者が多く出る山らしい」

タイヤが砂利を拾ったせいで前後の揺れが強まって、モチノくんの頭は赤べこみたいにぐわぐわと心もとなく揺れる。怖いのか嬉しいのか表情からは読み取れないけれど、高揚していることはわかる。彼に必要なのは、スケールが大きそうな適度な刺激なのだ。

「辻斬りってそっちにはあった？」

とモチノくんに急に尋ねられて、え、と口籠った。

「……切捨て御免、のやつ？」

「あ、間違えた。道切りだ」

「道切り？」

「そう。地元の山の入り口にあってさ。大木の間に弓形に撓ませた縄が、いっつもかかってて。そっちには、なかった？」

そっちには、というけれど、わたしの地元がどこかなんて覚えているのだろうか。

「なかったよ。神社にあるやつでしょ、あれ、道切りっていうの？」

「へえ。田舎ならどこにでもあるのかと思ってた」

言われて初めて、実家の背後に聳え立っていた小山を思い出した。実際にはそれが山ではなかったことを、中学に上がった頃に知った。ずっと山だと信じてきていたものが、正確には人工的に盛られた古墳であるという驚愕の事実を知ったのだ。あまり高さはない、こぢんまりとしたもので、子供の頃はよく登っては遊んだ。

「文化的な何かなのかな？」

「さあ。獣と人間の境目みたいなさ、ハレとケを区切るやつ。オレは信じないけど、そういう迷信」

「ふうん」

「その縄を一回、切ったことがあるのよ、オレ」

なんて馬鹿なんだろう。誇らしそうに言ってみせるが、武勇伝でもなんでもない。

「それでバチが当たって、そうなったの？」

モチノくんの足蹴が運転席のシートに横から当たる。しかしそれ以上は殴られることもなく、はみ出すように膨らんでいる路側帯に、息絶えたように車を停めた。

後部座席からやけに重たいリュックをモチノくんは取り出して背負い、辺りを見回した。キヤノンのデジタル一眼レフカメラと、ホームセンターで買ったキャンプグッズのあれこれが入っている。正真正銘、モチノくんの命だ。雑然と機材道具の詰まった負荷によるものか、リュックの肩の紐は切れかかっていて耐性を失いつつあった。鬱蒼とした山奥へ向かって、まるで勝手知ったる道のように突き進む彼に歩幅を合わせ、標識から逃げるようにガレた岩の道を急くせいで、汗ばみながら懸命についていくのに必死だった。

日が暮れてきた。ここは地元民でも入り込まないような場所に違いなかった。喬木の立ち並ぶ息を潜めたような暗がりの中で、蛍光色のマウンテンパーカーを羽織ったモチノくんの色合いの鮮やかさに、安全第一、という言葉を想起する。森の茂みが更に濃くなったところで、「はーい、渡るよ」とインストラクターのように片手をあげた。

彼の先に幅の狭い川が見えて、ぎょっとする。渡るというよりも、川の中を歩いて突き進むのだということが分かった途端、わたしは怯んで、やめようよモチノくん、といつもなら出さないか弱い声で抗議したが、濡れることを厭わずに水のなかに足を踏み入れるモチノくんに渋々、従わざるを得なかった。しかも、思ったよりも深い。体の芯が一瞬で冷えるような冷たさだ。

スニーカーの中に水が入り込み、重く足を搦めとられ、川底の岩場で足の裏がぬかるみを踏む。咄嗟に次の足場を探ろうとして転倒しかける。嗄れた悲鳴をうっかりあげると、モチノくんはあれだけ重そうにしていた身を俊敏に翻して、わたしの腕を引き上げた。

目が合う。

モチノくんは、笑顔だった。満面の。

そっか。ここが、モチノくんのスケールにあう場所なのだ。

少しして「ガチの獣道かも」と呑気な声が前方で跳ねた。獣に遭遇する可能性を考えると、尚のこと肌が粟立つ。死に方くらいは自分で選びたい。川の流れは次第に緩やかになり、水位はくるぶしを浸らせる程度へと浅く変わった。森の深まった場所に到達したような気がした。モチノくんの視線が暗闇に沈んだ何かを捉えたまま、固まっている。

滝、は暗闇の中でも月の光を集めていた。

樹木の鱗状に捲れあがっている木肌を手で引っ張るとかさぶたみたいに簡単に取れ、その下から虫が這い出てくるのに後ずさりしていると、モチノくんはスマホのライトを掲げて辺りを照らしながら、「明日の朝、ここで撮りたいかも」と澄んだ声で言った。

「うん、そうしようね」

無言がつづいたので、あれ、と思う。

「……モチノくん。気が済んだ？　じゃあ、戻ろうか」

「なに言ってるの。もう戻れないよ、暗いし。ぜってー遭難するから。山を舐めちゃダメ」

「え、いや、でもそれで……どうするの？」

「いいじゃん、ここで野宿しようよ」

わたしは唖然として、

「だってラブホなら山ほどあったじゃん。車に戻ろうよ」

と抗議する。

「だーかーら。話、聞いてた？　オレ、ここがいいんだって。泊まるったって、金だって勿体無いし」

動揺と揺らぐ思考を抑えて、努めて冷静に問う。「………それなら車中泊でもいいんじゃないかな」

「ミツキさん、ここがオレらのおさまりどころなんじゃないのかな」

モチノくんは一方的に落ち着きどころを見つけると、木の根元にリュックサックを下ろした。


逃亡の旅の出発前に立ち寄ったホームセンターでの当初のわたしの目的は、煉炭とコンロの購入だった。

一方のモチノくんは店内を見回し、見つけたものは全て手に取るくらいの躊躇のなさで爆買いを始めた。本当にさまざまなものをカゴに投げ入れていてその内容は次第にキャンプ用品へと移り変わり、寝袋やファイヤーディスクなどのわたしには必要ないように思えるものが、レジで合計の値段を撥ね上げていった。モチノくんが死ぬ練習をして、一体ど

ごっこ

の辺りで朽ちる気でいるのかはわからないけれど、彼のパニックが出た時が狙い目なのだろうと、自分に言い聞かせて支払いを終えた。

アウトドアの趣味に興じていたことがあったのか、モチノくんは手際よく火を付けてグリルグレイトを組み立てている。小さく爆ぜる火を見ながら、わたしは体育座りしていた。

モチノくんがどこかに行ったと思ったら、後ろから、鹿威しのようなちょぼちょぼと水面を打つ音が、葉の擦れ合う音と共に風に乗って聞こえてきた。離れた川岸に立ったモチノくんの小さな性器が見える。あまりにも白いモチノくんのお尻は、差し込んだ月光を均一に受けて、陶器のように滑らかだった。まあ、三尺流れれば水清しっていうし。微かに体を震わせて残尿をきり、戻ってくる。

わたしはすることもなく、尿意も眠気も訪れず、傍に落ちていた木の枝を土の表面にねじ込んで穿り返した。雨がしみ込んでいないのか、それとも川から離れているせいなのか、土はどこも硬く、そぼろみたいに散らばった。そこから出てきた蟻を枝の先ですくう。枝の下に回ったり登ったりしながら、蟻は困惑したように往復している。

蟻の腰に糸を括り付けて玉に糸を通し、それを相手方に渡す、とかいう逸話があったな、とふと思いだした。昔、都に住む四十歳以上の者がみな殺されるという不穏な出来事の重なっていた時期に、唐の帝が日本を討ち取ろうと三つの難題を中将に持ちかけた。その最後の難題が、七曲がりに曲がりくねった小さい玉に糸を通すというもので、中将の親が教えた解決方法が、穴の反対側に蜜を塗り、蟻の腰に細い糸をつけて穴に入れるというものだ。蟻は曲がりくねった道を無事に通り抜けた。それで難題を解いた中将の親は、蟻通明神となって祀られた、というめでたい話。

その話をモチノくんにすると、「そもそも糸を括りつけられても千切れない蟻なんてタフすぎてリアリティの欠片もないね」と身も蓋もないことを言われて、うっかり笑ってしまった。

「違うよ。難題を突き付けられても、咄嗟に機転が利くかという器量の話だよ」

「じゃあオレらには無縁だな。無縁だから此処にいる」

それはそうだ。

小さなクッカーで水を沸かして、モチノくんのリュックから取り出したU.F.O.を分け合って食べた。ひもじいけれど、逃げ始める前からもずっとこんな思いで過ごしてきた気がした。適当に腹を満たすと、モンベルの寝袋を二人分取り出し、片手で収まるほどに縮められたそれを広げて、二人で蓑虫になったまま空を仰ぐ。木の枝で切り取られたまだらな黒い空の中に、星がちらちらと瞬いている。

モチノくんの写真は、下手だった。

いや、ゲージュツにヘタもクソも、あるものなのか。シロウトのわたしには分からない。

でも、被写体ではなくて雰囲気を重視して、無駄にノスタルジーらしさを強調しているだけで、被写体側の気持ちの盛り上がりが欠落している。シロウトながらに、そう思った。それはモチノくんにとって大変に屈辱的な事実だろう。わたしがシロウトなのにそんな思いを抱いているのも、なんだか申し訳なかった。

モチノくんは、わたしが見つけたのだ。インスタに投稿されていた写真よりも、その写真に添えられていた言葉の方がよっぽど、しんどそうで、苦しそうで、素敵だった。だから共鳴する、できる何かがあった。わたしもよかったら撮ってもらいたいです、とメッセージを送ったときも、わたしを撮った写真を投稿する際に、どんな言葉を添えてくれるのだろうと期待した。そこから会って男女の関係になるのは寝て起きるくらい簡単で、彼に乱暴にされてもいいという諦念を含めた安さが売りの女だから、今もこうやって彼と一緒にいることができる。

横を見ると、モチノくんも随分と疲れ切っている様子だった。表情を取り払ったまま、真っ直ぐに空へと向けられた視線は禍々しく、わたしは何も話しかけないまま、屈強な男の腕にも見える大木を見上げた。たとえ此処で潰えても、みるみる自然の一部へと分解され、還元される。酸素が足りない魚みたいに少し口を開け、肺の形を頭の中で思い浮かべながら、膨らませようと意識を傾けた。

ここから先、死なななければいけない、若しくは生きなくてはいけないというどちらの選択にも、最果てのない徒労感が浮かんでしまう。職場に戻ったらまずデスクに座って納品書を書いて判子を押す単純明快な一連の流れと、昨年から謳われていたレイアウト変更工事という名のオフィス移転で一気に時間が埋め尽くされるだろう。そもそもなんだ、レイアウト変更工事って。人が増えてデスクが足りないからという理由の割に、ろくな賃金も出さないいじゃないか。先送りにしている案件が多くて何から手をつけていいのか分からない、というのはさておき、一番の問題は昨年、契約社員として同じ部署に入ってきてから一気に正社員の座を獲得したばかりか、わたしの上司になった年上の女で、年末のプロジェクトを終えてからわたしを飲みに誘っては説教を垂れ流して威張るのが通例儀式となり、あんたマジでこの仕事に向いていないから、さっさと辞めた方があなたのためだって、を決まり文句として切り出されるあの時間が苦痛で仕方ない。ずるずると惰性で続けて、辞め時期を見失ってしまったのもまあ、でかい。それに情けない体たらくなたった一人の身内の父は、いずれ上京して娘の家に乗り込む心算らしく、今の収入を鑑みても劣悪な老人ホームにぶちこむことすら叶わない。のらりくらりと考えているうちに三十路になった。詮なく考えることも、現状のしがらみをかなぐり捨てることもできず、億劫な気持ちが沸々と湧いて迫り上がってくる。最果てがない。モチノくんと違って、自分の人生で世界に残っていくものなんて何一つない。

このまま、寝ているモチノくんを殴ってしまおうか。

寝息を立てない、静かな姿を見て、ふと思いついた。

殴る理由なら、殴る必要なら、たくさんある気がした。復讐とか鬱憤の一言で理由は十分にまかり通る気がしたけれど、暴力っていうのは計画性を持って生み出されるものではなくて、もっと、迸って有り余る何かなのだろう。手に余って収拾のつかなくなった、言葉を持ち得ない最後の砦なのだろう、きっと。

でも、殴ったモチノくんを森の中に置いてきぼりにして、車で走り去る様子を想像してみると、最高に清々しかった。連綿と続く日々からの脱走、逃亡劇のフィナーレにふさわしい。

そうやって思いを巡らせていると、ふと、あることに気づいてしまう。

わたしは本当にモチノくんと一緒に、死にたいのだろうか?


夜中に少しだけ、とりとめのない淡い暗さの中で、長くて心細い夢を見た。夢の中では、小便をしに行ったモチノくんが、屈んで川面に指を入れている。

その背中に、鯉が泳いでいた。

……鯉?

わたしが夢の中でモチノくんに向けている視線は、寝そべって軸の基準が左側に傾いているから、鯉はわたしの頭の方角へと向かって泳いでくるようだった。痛みでその角度にしか、首が向けられないというのもあるのかもしれない。絵柄が泳いで見えるのが、彼の筋肉の収縮の加減か、朦朧とした自身の視界がぼやけているせいなのかは分からなかった。碧とも黒ともつかぬ色合いで縁取られた描線のみのシンプルなデザインで、鯉を囲って描かれた桜の絵柄との境界線が、少しのピントのずれで隠し絵のように重なる。しかし一定の距離を以てこうして窺う限りでも、肌理細かいモチノくんの背中に刻まれたのが鯉だと断定できるのは、やはり彫り師のそこはかとない技量の賜物だろう。

　モチノくんは振り返って、綺麗だよね此処、インスピレーションが湧くんだ、と言った。やわらかく微笑みかけるモチノくんは、いつにも増してやはり美しかったけれど、わたしはモチノくんに色々と説教したい心持ちになっていった。烏滸がましいだろうか。息をするのもようやっと、どうにか口を開いた。

　ねえ、モチノくんがやろうとしているゲージュツってさ、ほんとうに、崇高なものなのかな？　……モチノくんは、やはり黙ったままだ。怒っているのかもしれない。彼が何を思っているのか表情からは読み取れない。……そんなふうに背伸びをして似合わないことをしてさ、パンチのあるものを狙っても誰の心にも響かないんだよ。意図的に感情を揺すぶろうっていう魂胆が丸見えだと、みんな引いちゃうんだよ。そういうものなんだよモチノくん。繊細すぎて、図々しいよ。あのインスタのコメントくらい素直なものを、もっと可愛げのあるものを作ってよ、ねえモチノくん、モチノくん……。舌に転がした言葉は、やけに流暢だった。

　モチノくんは、頬に貼り付けた笑顔を崩さない。指についた水滴をピッと弾いて、なるほど、と首を捻り、何度か頷いた。

近づいてきたので殴られると身構えたけれど、彼はわたしの髪を細長い指で絡め、抱き締める。

たしかにそうだね、ミツキさん。

信じられない思いで、上目のままで見つめていると、彼の獰猛な腕の力によって、その胸に沈められていく。そうだね。オレはオレ自身がゲージュツになりたいって思っていたんだけど、ゲージュツっていう概念自体が寄り添うものではあっても、体現したり身に纏うものではなかったんだな。作ろうと意図して生み出すものじゃなくて、滲み出てしまう人間の痛々しさを拾い上げて、ゴッテゴテに煮てなんとか固めたものがきっと、ゲージュツなんだよな。そうだよな。

……うん。

わたしはただ、自分の言葉に対してモチノくんが首肯してくれた多幸感に浸り、彼の胸の中で頭を小刻みに震わせた。ゲージュツなんて、そんなものは知らない。好きにしたらいい。勝手にやってくれればいい。一生懸命に足掻いて、さっさと絶望したらいい。モチノくんは、絶え間なく続ける。ミツキさん、ごめんね。付き合わせて、付き合ってくれて、ありがとうね。ごめん、ごめんね……。


目が覚めると、喬木の合間から光が漏れていた。暁の空が次第に白んでくる。

このまま地べたに沈みそうなほどに身体が重い。差し込み始めた光で、山の中の様子がようやく把握できた。夜の濃さに包まれてつながっていたブナの木々たちが、枝葉をもってほどけていた。

起きて暫くすると、「脱いで準備して」とモチノくんは荒々しく告げて、いつの間にか新しいTシャツをリュックから一枚取り出して、着替えている。モチノくんの背中に鯉はおらず、やはり、何かを泳がせたくなるくらいにまっさらで美しかった。

岸辺に屈んで顔を洗っていると「もー。寝起きの顔でいいから。どうせ、大して写んないんだし。早く脱いでよ」と当然のように告げられて、更に萎縮する。今までも散々、好き勝手に撮られることはあったけれど、屋外での裸は初めてだった。

「え、でも人が来たらどうするの？」

「来ないよ。登山ルートじゃないんだから」

「……あの、なにか敷物は」

お伺いを立てるように尋ねたが、「ないよ」と彼は平然と答える。

「なに？　いやなの？」

いえいえそんな、とんでもないです。

これも彼が言い出す、ゲージュツ、の一つなのだから、仕方ない。

股間がメンソールでも塗ったように部分的に冷える感覚がする。舐める時、邪魔くさいから剃って、とモチノくんが叱った。いつも歯に挟まるんだよ、ミツキさんの陰毛は主張が強いんだから、と言われた通り、この浮世離れした逃亡計画へと出かける間際に、陰毛をそぎ落としてきたのだった。それが伸びてきて、無精髭みたいになっている。パンツから剣山のように突き出ていて、それがわたしから女としての色気と尊厳の両方を奪い取っている気がする。

「ちょっと違う」と一眼レフカメラを向けたままのモチノくんが「物憂げに」と要求したと思えば「はにかんでみて」と続き、その指示が定まらない。みじめな表情を作るべく顔を歪ませる。本当にそのままの形の皺として刻まれそうで、ちょっとこわい。「あ、歯は見せないで」と続いた声が、次第に愉悦したように高まっていった。

わたしは四つん這いになりながら両足を広げていた。股の間から顔を出してほしいと指示されたので、おもむろに土に頬をつけ、ダンゴムシのような体勢になった。土はわずかにあたたかかった。鳥肌が立ち、血管が青緑に透き通ってみえる内腿の辺りをぼうっと見るともなしに眺めながら、体の角度を調節すると、それに呼応するようにカメラの無機質なシャッター音が続いた。

静かに祈る。

今、きっと、モチノくんと繋がっているはず。

甘く軋んだ体をその場から剝がそうとすると、頬が湿った土の欠片をこそいだ。唇に付着して青臭い苦みが舌先に宿る。少ない唾液で何度か力なく吐き出しても、それは暫く粘り付いて、わたしを森に沈めていくような気分に浸らせた。雨が降っているわけでもないのにそぼ濡れた四肢が、滝から流れてくる風になぶられて冷えていくのがわかった。

帰りたくなかった。

暫く経ってシャッター音が途切れ、股の間から、満足げな顔のモチノくんが見えた。体勢を戻してワンピースをまとう。モチノくんは趺坐(ふざ)したまま、画面に釘付けになっている。あのキヤノンEOS 5Dは五十万をゆうに超える高価な品物だと、密かにネットで調べて知った。彼には随分と勿体無い代物だが、そう思うことは同時に、そのカメラで写し映される価値が果たして自分にはあるのかと、問われ返されている気持ちにもなる。

鼠蹊部を一箇所、尻の割れ目の近くをまた一箇所、蚊に刺されたようで痒い。爪の先で、赤く膨らんだ箇所をバツの字形に押し込んでいると、モチノくんは納得したように唸った。

「いい。めっちゃ。めっちゃいいよ。すげえ」

モチノくんの目の端には、笑いが残っていた。

往路はあれほど長く感じられたのに、帰り道は思っていたよりもあっけなくて、わたしたちの車は昨日と何も変わらないままに林道の隅で待ち構えていた。

汚してしまった洋服類をコインランドリーで洗いたかった。後部座席のゴミ袋は服でたっぷり膨らんでいる。今着ている楪図かずおが最後の一着だ。

住宅街に埋もれるようにして建っているコインランドリーを探し当てると、路駐した。

コインランドリーの中には老婆が一人、打ち捨てられた帆みたいに、つくねんとパイプ椅子に座っている。煌々と白く照らされる室内に入ると、一気に現実に引き戻されたみたいで、これまでの逃亡が途端に、見窄らしいものに感じられた。念入りに磨き上げられた清潔な床が、何か社会に通じる扉みたいで、居心地が悪い。

袋の中の衣類を全部、まとめて突っ込んだ。縮むことも厭わずに、乾燥までフルでかける。

衣類は一定のリズムで円を描き続けている。

「そろそろ終わりかもな」

不意にモチノくんがそう言ったけれど、わたしは無視した。逃亡初日にワンピースの裾の内側に付着したモチノくんの精液も、清らかな土の断片も一緒くたになって、叩きつけられて洗い流されているのを見つめていた。そっか。もうそろそろ終わりなのか、と響きだけを浮かべて、その意味はとらえずに考えていた。

辞職届を出そうにも一度会社には赴かないといけない。継続は不可能。会社の何に難癖をつけようとも、もう誰にも同情されないところまできている。なんと言って取り繕おうかとさまざまな案が浮かんでは消えた。シンプルに、あれはモラハラです、の一点張りでも案外いけるかもしれない。鬱にさせられたんです、もう無理です限界です、会社が許しても時代が許さないでしょう、と悲壮感をたっぷり声に滲ませて、これまでの受難を畳み掛ける、それもありだ。そんな簡単に辞められるなら、耐え忍んできた自分自身こそ一番に肩透かしにあうのではないのかとも思うが、それは随分と不健康な思考だった。堂々巡りしても着地する結論が変わらないと明示されているようなものだった。

それに比べて日々を無為に過ごすモチノくんは、解放されている。どこへだって行ける。孤独を孕んだまま、ずっと低く漂っている。

そう思った途端に、なんだか不憫になって、

「モチノくん、大丈夫だよ」

と彼の右肩に頭を乗せた。

モチノくんは手元のスマホをいじくりながら、ああともうんともつかない曖昧な頷き方をした。

青い洗濯機についた丸い窓を、わたしは見ていた。

そこには、モチノくんとわたしがもみくちゃになって絡まって、ぐるぐると、だらしなく回っている。いつもだったら邪険に振り払われるわたしの手も、モチノくんの膝にだらりと置かれたままだ。

腹が鳴った。

国道沿いのファミレスに入ると、お好きな席どーぞーと覇気のない店員に告げられて、

猶予なく電子パネルでオーダーを済ます。次の予定を立てるべく、念の為、会社の電話番号を着信拒否に設定し、Googleマップで経路を調べていると、ドリアを食べていたモチノくんが、さっきメッセンジャーできてたんだけどさあ、これ、とスマホの画面を、わたしの顔の前に突きつけた。

「実は知り合いの個展に出展させてもらえるっぽいんだよね」

ラッキー、と喜びに満ちた彼の表情を見て、言葉を失った。

……なんで。

あんなにヘタなのに。

テーブルに置きっぱなしにされたダスターを弄びながら、「……じゃあ、本当に帰らないといけないいんだね」と口にしていた。わたしはわたしで、何を言っているのだろう。

「おう」

「ちなみにそれって……どんな個展なの？」

「濃厚接触を避けたセックス展っていうやつ」と人目を気にしているのか、小声で呟く。

じゃあ、わたしは滝とセックスしたってこと？

リュックサックからモチノくんはマックを取り出して開き、椅子の下にあるコンセントに充電アダプタを差し込むと忙しなく指を動かし始めた。写真のフォルダを開いているようだ。

モチノくんが撮ったわたしはいつも、眩しそうに目を細めているか顎のダブりが目立つかで、綺麗だと自惚れられない代物に仕上がっている。そのショックに耐えるために、見る前に覚悟して構えないといけない。元々の容姿のスペックもあるだろうけど、間違いなくモチノくんが光を読む力に長けていないからだ。

この辺りがいいと思っているんだけど、と向けられたパソコンの画面を注視した。

こんなにスタイルが良かったか、と検分するように眺めてズームにすると、違う女だった。

もしかしたらモチノくんの彼女かもしれないと思った瞬間に、うっかり泣きたくなった。こんなことに付き合ってあげられるのは、自分だけだと思っていたから。

隣の席のサラリーマンらしき男性が激しくパソコンのキーボードをたたく音に、適度に意識が掻き消されていく。どう思う、とモチノくんがやはり尋ねてきた。

画面に顔を近付けたり遠ざけたりしながら、いいねえ、と匙を投げたような適当な返しをしてしまったけれど、この際、いかように受け止められても良かった。モチノくんは、歯切れの悪い返答をするわたしを見兼ねて、もういいよ、とパソコンを取り上げると、「やっぱり、教養や経験がないと感想をきちんと語れないもんだよ」と無下に言い放って、残っていたドリアを食べる。わたしは、ごめん、と頭を小さく下げたものの、ふと指に生えた毛が気になって、爪で抜き取ろうかと考える。

「今、見せてくれた写真のテーマっていったい何になるんだろう」

モチノくんは、ため息と苦笑を混ぜたような声で「テーマは何か？」と復唱する。

「それって、何が言いたいのかわからないってことかな」

「違うよ。何を意図したのか、作り手の気持ちや考えを知りたいんだよ」

「感想がないってことだろ？」ああ、間違えた。また、間違えた。「受け手の感性が足りないのを作り手側の技量のせいにすり替えないでほしいね。元来、表現とか芸術ってそもそもが曖昧なものなんだから。オレはだから、感じ取ったことを的確な言葉で伝えられないやつが嫌いだ。それは自分が何も感じていないことをそのままにしているだけのただの怠慢だ」わらわらと説教が口を衝き、モチノくんは指先で唇のホワイトソースを乱暴に拭う。

わたしは感情を探しあぐねて、とりあえず、笑った。その面倒臭さに、なんだか今は酔えない。

「あ、でも別にミツキさんはいいんだよ。ただ、直してくれればそれで」

うん、とわたしは力無く頷いた。

「ミツキさんが何かを感じていることはわかるよ。ただ自信を持って言えないだけでしょ？　それはもうね、しょうがないんだよ」

食事を終えて再び乗り込んだ車の中は、柔軟剤の清潔な匂いに満たされていて、意地悪に鼻腔をくすぐる。もう終えると言ってくれていれば、洗う必要もなかったのに。そういったことに彼は、やはり気が回らないのだ。

コンビニに立ち寄ってコーヒーを買った。入口の脇のゴミ箱に、溜まっていたペットボトルをまとめて捨てた。

川崎ＩＣへ向かう途中、音楽流していい？　とモチノくんが言った。「ミツキさん、プレミアム？」と尋ねられて、それがYouTubeの有料会員のことと分かって頷くと、スマホを奪われた。互いの青春の曲を聞こう、と珍しく普通のことを言い出したので、わたしはとある女性歌手の名を告げてリクエストした。モチノくんは手慣れた調子でナビとスマホをペアリングする。聞きなれないイントロが始まり、それは久しぶりに聴いた女性歌手の最新曲だったが、あの鮮烈なロックのメロディーからは離れて、歌劇みたいにのびのびと歌い上げる冗長さが際立っていて、ちょっと違うな、と残念に思う。

モチノくんが流したのはブラーのエンド・オブ・ア・センチュリーだった。オアシスと拮抗していたあのアーティストか、と時代を遡りつつ思いを馳せたが、これが青春？ モチノくん、生まれた頃でしょう？ と笑い飛ばすと、モチノくんは、静かにしてよしっかり聴きたいんだから、と音量を上げた。

「なんて言っているんだろうね」

「適当に生きようぜ、じゃない」

モチノくんは、上機嫌だ。適当すぎ、とわたしも笑った。なんとか笑うことができた。

土橋高架橋が次第に見えてくる。

その刹那、不吉な音が急に車内に割り込んできた。けたたましくも聴き慣れた木琴の跳ねる軽やかなリズムが、地獄の通知音だと告げる。前傾姿勢のまま二人で固まった。モニターに表示された、見知らぬ電話番号を恐る恐る見遣る。とにかく音量を下げねば、と慌てたのがよくなかった。うっかりハンドルの後ろの応答ボタンを押してしまい、ハンズフリー機能に切り替えられた。

…………え。あれ。……もしもし？　……タナカさん？

あーあ。

悔恨の情がどくどくと溢れる。くぐもった女の声と背後の雑音が、リフレインしながら車内を駆け回る。もう、相手に生存確認を無事にさせてしまったようなものだ。終わった。終わらせることに、なった。

激しい動悸を抑えながら、目の前の赤信号の色が変わるのを待っていた。二の句も浮かばず、互いに無言のままで、牽制しあっている。額に脂汗が滲みはじめたが、青に変わって平然とアクセルを踏み込む。ルームミラー越しに目交ぜをしてきたモチノくんの目が、なぜか暗闇の中でも分かるくらいに異常に輝いているのが癪に障った。

「タナカミツキさんの携帯であってますよね」

沈黙が肯定してしまっているようなものだ。「あの、タナカさん」相手は漸く意を決したのか口を開いた。

「何か、辛いことでもありましたか」

どきりとして胸の鼓動が一気に高まった。ハンドルを握る手に力が籠った。察してあげられなかったとしたらそれはこちらの責任です、と女は宥めるような静かな口調で続けた。だとしたら、大変、申し訳ないです。その妙に優しい口調が胸を抉って、忸怩たる思いにさらされる。

私たちは待っています。待っていますから。

モチノくんはさっきから何がおかしいのか、にやにやしながらモニターに表示される通話時間の数字の羅列を、ジロジロと眺めている。生きていて何よりです、と女は懲りずに情けをかけてくる。ああ、本当に良かったです。みんな、すっごく心配していたんですよ。今、どちらにいらっしゃるんですか？　もう、家にいるんですか？　いつ頃から、復帰できそうですか？

時刻は夜の十時を過ぎていた。少し早めに帰宅した女の生活の動線を思い浮かべる。ハラスメント告発のネット記事でもうっかり見たのだろうかと、考える。目にした途端、なんとなしに罪悪感に駆られて加害性をぼんやりと自覚した、とか。散々、謂れのない難癖でいびり倒しておいて、後から優しく抱きしめれば、後腐れのない過去の一部にでも華麗に覆せるとでも思っているようだった。

冷静に女の行動から想像できる感情を嵌め込んでいくと、合点がいった。突如、精神不安定で会社に来なくなった部下を見事に引き戻したという功績によって、女は寧ろ讃えられるのかもしれない。生きていてよかった、という科白にそこはかとない軽蔑の意が含まれている気がして、胸が痛くなる。――どうやら女はスピーカーに切り替えたようだ。おかげで彼女の生活音や行動の細やかな音までもがマイクに拾われて、こちらに漏れ伝わってくる。カシャンカシャンとひそかに皿の擦れ合う音、水がシンクをぼこぼこと叩き打つ音、冷蔵庫の製氷機が氷を落とす音――……こいつ、家事の合間に電話しやがって。

川崎のインターチェンジは、上空から見るとほどきかけたリボンのような形状になっている。点滅する誘導灯に導かれて高速道路に入ると、一気に加速する。加速車線から本線へとスムーズに合流すると、到着予定時刻が大幅に遅れて乱れた。

なんというか、馬鹿馬鹿しくなってしまったのだ。

いつの間にか薄笑いを引っ込めたモチノくんは上部を過ぎ去る標識を見遣り、疑問を浮かべた表情で、こちらを向いた。わたしは固く、首を振る。もう、戻らない。戻らないから。

モチノくんは、急に眠りから覚めた子供みたいに、落ち着きがなくなった。

運転席の方へと身を乗り出すと、何してんの、とわたしと進行方向との間で、交互に視線を動かして、「ミツキさん、逆だよ。どこ行くの？　もう終わりなんだよ？」と忌々しげに睨め付けてくる。

　モチノくんの自宅を目的地として設定していたナビが、すぐには経路を修正できないらしく、甲斐甲斐しく新規ルートをぐるぐると検索して提案しかけては、その速度によって打ち消されていく。鼠捕りエリアです、と案内されて笑う。それは下道だって。「……あれ、誰か一緒にいますか？」と突如クリアになった女の声が響いた。

　アクセルをベタ踏みしてスピードを一気に引き上げ、追い越し車線を独走する。時速百四十キロを超えたあたりで、ええじゃないかの最高速度を超えた、と気が付いたまさにその時、速度計の針が右に振り切れるまでこのまま走りたい、という欲望がうずうずと込み上げてきた。これ以上の速度超過はドイツのアウトバーンなどでしか許されないが、それは同時に人間が耐えうるスピードではあるということだ。ドドンパに関しては発射数秒で速度が時速百七十キロに達する。差し掛かったカーブに沿って遠心力の負荷が一気に車にかかると、ジェットコースターが落下した際の抉られるような快感が体に戻ってくるようだった。あの機械に弄ばれた浮力はよかった。まとまった風に叩かれて、皮脂も抉れて。

　対向車線の車のヘッドライトが遠方にあらわれ、その光は徐々に拡大されて目に飛び込んでくる。沁みる。鉄砲水みたいに溢れてきた雫で、目尻が濡れる。

赤い光が四方へ広く伸びて、車が包まれた。

海、と思う。

血の海。

「……オービス光ったよな、今」

「ね」と頷いた。「撮られたって分かるもんだね」

「ね、じゃねえよ。戻れよぅっ！」

モチノくんは雄叫びをあげ、わたしのたわめた肘にしがみついて運転の阻害をしようとした。その度に車体が大きく揺れ、軌道が左右に大仰に膨らみ、前後不覚の状態に陥る。おわ危ねっ、と叫んで手を引っ込めたモチノくんの声は無駄に甘ったるいくせに、耳に届く頃には鬱陶しさを増して、夏の蝉みたいにいつまでもへばりつく。ドリンクホルダーからコーヒーを抜き取って、おもいっきり投げつけてやりたかった。でも、わたしはそんなことをしない。そんな野蛮なことを平然と振る舞えてしまうモチノくんは、やはりおかしい。車内のそんな紛擾に便乗して「タナカさん、そうですよ。戻ってきてください！」と何も知らない馬鹿女が参戦するのも無視して、目の前の車を煽り走行車線に追いやって道を譲らせ、数十台を一気に追い抜いていく。

轟音が湧いた。

「……死ぬ」

顔面蒼白のままのモチノくんが言った。

「いいじゃん、予行練習したんだし」

「タナカさん、何しているんですか……？」

ハンドルに置く手を片手だけに切り替えてみた。凝り固まった首筋の筋肉を和らげるように左右にゆっくりとひねる。やはり痛い。恋愛ごっこも、逃亡ごっこも、死にたいごっこも、付き合っていたのか、付き合わされていたのか、今となっては分からない。

「わたし、あなたのこと、好きだったのかな」

「……知らないよ」

「じゃああなたは、わたしのこと好きだったの？」

「……」

「分かった。質問を変えるね」とハンドルから完全に手を離す。「モチノくんは、真剣に死のうとしてくれていた？　あわよくば生き残りたいっていう程度の、中途半端な死にたい気持ちでわたしと一緒にいた？　だとしたら随分と失礼なことをしているって、分かってた？」

「失礼なことって。何様なんだよ、なあ、お前は」

「だって、ギリギリ死なない程度に暴力を振るうのだって、すごく失礼なことじゃない。殺す気があるなら、もっともっと、真剣に暴力を振るってよ。お願いだから、そこだけはちゃんとしてよ。生殺しだなんてタチが悪いよ」

虚脱の目をしたモチノくんは肩をすくめ、ドアにピタリと体を引っ付けたまま、喉を鳴らした。

この音は、そう。初めてモチノくんに撮影された時にも耳にした。

わたしが服をそろそろと脱いで、小さくて心もとない自身の乳房が現れた時、ひゅっと吸い込むような音を、彼は喉元で鳴らしたのだ。道路に飛び出してきた獣でも見るような奇妙な視線をわたしの全身に這わせて。それは脱がせたのではなく、勝手に脱いだ、ということに驚いているような滑稽さだった。

「毛を剃るのだって不本意だったよ」

この先工事車線規制、とオレンジ色の文字が灯った電光掲示板の下を通り過ぎる。きちんと両手をハンドルに十時十分の角度で置き直して、もう少し爆走に励むことにする。

「わたしの尊厳と安全が詰まっていたのよ、あそこに」

「……なに言ってんの」

「だってさ、わたしは舐める時にモチノくんの毛が口に入っても、いつも丁寧に、全て食べてあげてたんだよ？」

「……それがなんだっていうの」

【七十代を高齢と呼ばない街　大和市】と横断幕が次々にはためいて見えてきた。

「要するに全て受け入れて飲んでいたのよ。人間の毛って胃の中で消化できないんだって。だからそれで、腹膜炎を起こして死ぬ人もいるの」

「別にそこまでして飲めって、オレ、頼んだわけじゃないし……」

「…………」女が息を詰めて聞いている気配がする。

【子育て王国　大和市】

【神奈川県のほぼ真ん中　綾瀬市】

【ものづくりの街　綾瀬市】

と立て続けに横断幕が目に飛び込んで、過ぎ去っていく。

「そうじゃなくて、こちらは死ぬ覚悟までしてセックスをしてたってことなんだよ。もう、なんで分からないのかなあモチノくんは」

「……なあ。オレ、帰りたいよ。もう終わりにしたい」

「うん、帰っていいよ。別に」

ドアのロックを解除すると、大仰にガチャッと音が響いた。

「……なに、死なないと許されないのかよ、オレは」震えた声を出すモチノくんの体がぐんと、しなやかに、上方に伸びる。

その残像を目の端で見遣った。随分と見慣れたモーションだ。

しかし振り上げた拳は不思議なことに、わたしには届かなかった。

振り下ろすことに迷った拳句、その拳はダッシュボードをわずかに凹ませただけだった。命の主導権を握っているのが誰なのか、彼はようやく、分かったのだ。

【菜速の野菜の街　綾瀬市】

【ロケ地で楽しめる街　綾瀬市】

ＦＵＪＩＹＡＭＡの速さはとっくに超えている。

速度を更にあげてハイビームに切り替える。先まで届く光の道筋をじっとみつめた。光はあっけなく暗闇にのまれ、後ろへ伸ばされ、溶け消えていく。モチノくんに対しての同病相憐れむあの感覚は、既に薄れ始めていた。

「あ。モチノくん。切っていいからね、通話」と顎で指示すると、観念したようにモチノくんはカーナビの通話終了ボタンを押した。

工事中、と電光掲示板が点滅する先は一車線が潰されていた。等間隔に置かれた三角コーンを、次々にはねて空中に飛ばしていくと、啜り泣く声が隣から響いてきた。妥協して仕方なくといった口調で、幾度となく弱々しい罵倒を吐き出す。その瞳からはまた雫がとめどなく溢れているんだろう。サイドミラーに三角コーンを避ける後続の車が左右にハンドルを切って揺れ動き、小さく遠のいていく様が映りこんでいた。ほら、見てよモチノくん。もう誰も追い付けないよ。すごいよ、ほら。ほらほら。

登坂車線にどぎついピンクのクラウンが走り去っていき、目が覚めるほどのおどろおどろしい、鮮烈な外板色に、瞬間、全ての興味が持っていかれた。そういえばいつか、クロスカントリーなものが欲しい、と思っていたのだ。ベタだけど、パジェロとかFJクルーザーとか走破性の高いもの。女というだけで舐められるから、扱いにくいくらいの、ゴツくて大きい4WDがいい。

吾妻山トンネルを抜けると、目の前の車が風で煽られたかのように、心もとなく揺れていた。わなわなとした不安が訪れるよりも先に、タイヤがキュルルルルルルルと金切り声を上げる。車が湧く。声が湧く。驚いたが、わたしはアクセルをさらに強く踏み込んでいた。

見知らぬ人

痒みが這うように上ってきて浅い睡眠が途切れ始める。無意識のうちに動き出した指が、いつの間にかギタリストのような激しさで鼠蹊部の辺りを掻き毟っていることに気が付き、那月は布団を捲ると肘をついて上体を起こした。鬱陶しい下腹部に力を込める。始まってしまうとこの痒みばかりはどうしようもなくて、バーナーで炙られ続けているような一向に収まらない不快な感覚は、あの犬歯みたいな膣座薬を突っ込まないと鎮まらない。茹だるような暑さが寝室に蟠っているのをみとめた那月はベッドサイドに置かれたリモコンを手に取ると、エアコンを除湿モードから冷房へと切り替えた。柔らかかった風に角が立って、額に滲んだ汗を攫っていく。まだ朝の四時だった。

昼から夫・智充の友人である康の結婚式に参列することになっていた。明日は日曜日で、たいていの産婦人科やレディースクリニックが休診日であることをぼんやり思いつつ、スマホから充電ケーブルを引き抜くと画面の輝度を下げた。自身の盛大ないびきでは起きないくせに、那月の寝返りやスマホの動作には敏感に反応する夫を起こさないようにと、できるだけベッドの端に近寄って検索エンジンを立ち上げ、まずは近隣の病院を攻めるように調べる。早めに結婚式から戻れば土曜の診療時間に間に合うかもという心算が、次々に目に入る「午後休診」の文字に崩れていった。ともすると丸々二日間もこれに耐える羽目になるのか。眠気が徐々に散逸してきた那月は、そろそろと布団を剝いでリビングに向かった。

細かく用途によって分類しているタッパーの中をかき回し、以前に産婦人科で処方された薬袋が奥底で丸まっているのを見つけて取り出した。使い切らなくてよかった、と胸を撫で下ろして、包装シートの最後の一錠を押し出す。蹲踞の姿勢をとると、ネイルの施されていない短い爪で躊躇なく奥へ奥へと膣座薬を押し入れていく。熱と筋肉の収縮によって錠剤がバターのようにうりうり溶け出していく様子を想像しながら、それにしても、と那月は自身の低下した免疫力を呪った。どうやら癖になってしまったようで、微かな環境の変化や精神の機微に反応しては、痒みが周期的に繰り返すようになってきていた。高感度なアンテナを張り巡らしたように体は心よりもよっぽど律儀に異常を察知してくれるもので、不穏な予兆を感じ取ると絶対にくる。性病の部類に入るわけでもないカンジダはただの股間の風邪みたいなものだと分かってはいたけれど、でも、と妙な罪悪感に襲われた。何よりも発症するたび、ヨーグルト状のおりものが下着を汚すのも、烏賊（いか）臭い異臭や波打つような熱を伴った尋常ではない痒みにもほとほと気が滅入るし、何かきっかけみたいなものがあるのだとすれば、やはり雅士（まさし）なのだろうとも思う。後一歩とさらに前傾になると、子宮の入り口か膣の果てか、何か奥底に達したような感覚が人差し指に返ってきた。

　雅士は結婚前に勤めていた会社の同僚男性の大学時代の友人だった。その頃まだ世間ではさほど浸透していなかったＳＤＧｓの先駆けとなる環境保全に纏わるベンチャー企業を立ち上げてそれなりの業績と成功を収め、メディアでもたくさん紹介されている新進気鋭の起業家なのだと、飲み会で同僚から鼻高々に紹介されたけれども、テレビなどあまり見ない那月ですらネットに頻繁に流れてくるインタビュー記事などで、彼の顔は見知っていた。端整な顔立ちの内奥には何か斜に構えたことでも言いそうな冷めた気配が漂っていたが、話してみると彼の印象は明朗な青年へと変わった。会話のテンポが速く柔軟な視点や知識も豊富に備えていて、那月の他愛のない話を嘲笑する向きもなく、また耳馴染みのない専門用語を頻出させるわけでもない気さくな彼に、人として好意を抱くのは早かった。何度か二人でのご飯に誘われるうちに、当時は独身という以外に彼の気を惹く要素など持ち合わせていないはずの那月に対して、どうやら友情以上の親しみと下心めいた興味を雅士が持っていることに、なんとなく那月も気づくようになっていった。だから那月が智充との結婚を機に退職すると、疎遠にならざるを得なかった。

彼とのラインでの最後のやりとりは雅士が那月の誕生日を祝福するもので、ありがとうのスタンプでそっけなく終えていた。ジャブを打つような軽い気持ちで会いたい旨のメッセージを送るとすぐに再会を果たし、そしてあまりにも簡単に不倫を完遂できたことに那月は放心した。そういう即物的な欲情に突っ走るという信条を最優先にして行動すれば、さしたる障害もなく行為を執り行えてしまうものなのだ。埃一つない、清掃の行き届いたホテルのような雅士の部屋のベッドで寝そべりながら、沸々と湧き上がってきた叱責に近い余韻が那月の胸を浸した。

でも、こんなことは別段深く考えることではないのかもしれない。夫と結婚する前から、刹那的な交わりに対して拘泥したり感傷に浸ることもなく、那月は配達物のようにその身をあっけなく相手に明け渡してきた。それが独身か結婚してからかというタイミングの違いだけで、那月の中で特筆すべき変化など何もないはずだった。

没入の度合いは浅く、満ちることのなかった感情の潮はさっさと引いていき、会うたびに雅士に対する違和感が先立つようになった。怖いもの見たさに似た好奇心に近いというか、違和感をたしかめるようにして何度も会い、敢えて嫌いな部分を手繰り寄せていく露悪的な段階に入りつつあった。そもそもが毒を以て毒を制すような、智充に対する安易な復讐を包摂した関係なのだから仕方ないとしても、飛び込むことを受け入れてくれた雅士にどうしてか、憎々しい気持ちすら抱き始めていたのである。

雅士はこちらが赤面するような陳腐なことを躊躇なく言い放った。「心と心の深奥で通じ合っていて、そこに体の相性の良さも加わるだなんて、最高なことだと思わない？」だとか「こんな巡り合わせは正直二度とないと思う。那月さんは本当に僕にとって稀有な存在なんだよ手放したくない」だとか、いっけん純情な具合で真面目に語る。久しくかけられていなかった褒め言葉は、那月に生物的な恍惚と刺激を与えたが、どこか判で押したような愛の囁きに次第に胡散臭さを感じていった。あまりにも若すぎる好きというか、好きがあおいというか、その迸りすぎている感じになんだかついていけなくなったのだ。均一化された褒め言葉の細部をよくよく眺めると、心酔しているのはその言葉を投げかけている男自身なのであって、決して那月のために拵えたものではなく、なるほど、駅前のティッシュ配りよろしく、手渡す相手の人間性なんて問わないのか。興醒めもいいところだった。

ある日ふと、

那月さんとは、別れるっていう発想がそもそもないよね。

と、雅士が那月の首の下に腕を伸ばしながら妙なことを呟いたので、背筋が粟立った。腕を入れられまいと頭に必死に力を入れて抵抗しながらも、あっけなくガードは突き破られた。男の腕に生えた豊かな毛が、那月の放つ鼻息で鰹節みたいに揺れる。放置するには不穏なその科白に仕方なく、「えー、どういうこと……?」とビクターの犬のように那月は首を傾げて上目遣いになる。

――だって恋愛を超えているじゃない？　この関係って。

――恋愛を超えるって何？

――いや、なんか那月さんと話すたびに目から鱗というか鮮烈なんだよね、色々と。撃ち抜かれるというか那月さんワールドに包み込まれるというか。那月さんがこの部屋に置いていった言葉の端々を一人になった時に改めて胸に刻みなおすんだけど、僕、いつもその真意に撃ち抜かれてヘロヘロになるのよ。

――えー。私、そんな重みのあること言ったかなあ？

――そういう無意識なところもいいよね。もう、好きっ！

――ははは……で？

――だからね、那月さんからもらった格言を常に胸に抱いて生きているんだよ僕は。前々回来た時もさ、あなたは結局、自分自身と恋愛してるよねって言ったでしょ？　僕はそれの何が悪いのかって那月さんに聞いたの、覚えてる？

――……あー。

――そもそもみんな孤独と寂しさを抱えて常に自分自身の存在意義を考えながら生きているでしょ、自殺する哺乳類も人間くらいだし。時には心身のバランスを崩すこともあるから、その傾きを修正するものとして恋愛が存在しているところもあるだろうし、純粋な好きにいろんな凭れ掛かりたい要素が肉付けされて関わっていくものかなって……。でも那月さんはそれをはなから見抜いていて、あなたはあなたに夢中なんだって断言した上で、だから私とは恋愛してないよね、というかあくまでも私という存在を都合よく媒介しているだけであって他の人にも同様の胡散臭い扱いをしてきたんでしょう、それで碌に長く交際が続かないんじゃないの、だってあなたは究極のナルシストなんだもん、なんて冷徹に言い放つから、僕、感じ入っちゃった。僕は婚姻制度にも否定的で、長く交際が続かなかったのは相手の結婚願望が強まるのを制するために、なるべく早いうちに相手のことを思って破局を選んでいたからなんだけど、それでも感情を露わにせずに淡々と分析するように告げる那月さんが怖くて勇ましかったよ！

――……ふうん、そうなんだ。

――あと、その感情のくどさがあなたの魅力なんだろうけど、それも結局自分語りばかりで冗長だからもう少し他者に興味を持ったら、っていうやつも痺れたよ。いつも話すたびにそのことを思い出して、意識して自分を俯瞰するようにしたらコメントのキレも良くなってもうすごいよ！　那月さん、僕のコーチングをしているみたい！

――……ああ。そんなことも、言ったね。

――僕は実は突出した才能がないから……。もっとすごい起業家なんてゴロゴロいる中で、相対的に自分の価値を考えざるを得なかった。那月さんはそんな僕を、いつも同じことばっかり悩んでいて進展がないし堂々巡りって一蹴して笑ってくれるでしょ。あなたなんて私よりもはるかに期待されているし名声も得ているのに欲望が青天井で聞いてて疲れる、来世はザムザみたいに虫になれたらいいわね、とかさ、でもグレゴール・ザムザだってあくまでも人間の思考を持ったカフカの世界観の中での虫だから、虫になっても悩みつづけちゃうけどね！

──……そうね。虫になっても、悩むね、無理だね。

──そうそう。だから那月さんは僕の尻を叩いてくれるというか、セックスの相性だって抜群にいいのに深いことまで話し合えるのって特別だよなって。ああ、また都合よく消費しているだけとか言わないでね！　それでもっと那月さんのこと好きになっちゃったんだってことが言いたかっただけ！　僕は僕の汚いところを那月さんにだけ存分に見せられるんだから……。

ねえ、アナル舐めてほしいな……、と雅士がしおらしくつづけたのはその十分後だ。

この一件は、那月の神経をさらに逆撫でした。

那月は顔に迫り来る彼の皺の寄って赤く爛れている肛門を、どうにか裂傷させたい衝動に耐えるのに必死だった。辛辣な私見を投げかけても、男がM性を発揮して収穫を得たように悦びに変換してしまう、そんな妙な相性でつながっていることにも辟易としていた。

初めて男の家に行った時、三和土で待ちきれないと言わんばかりに広げた腕に力強く抱き締められ、なんだか違うなあ、と思ったのはやはり間違いではなかった。なんだか違うなあポイントはどこにも還元されることなくたまっていった。抱き締めるたびに、那月の尾骨に蛞蝓のような短い性器をぐどく押し付けることも、しきりとボディラインを撫でて性急にベッドへと誘導することにも、何やら鼻白む思いがしたのだ。男は淫猥なことばかりに気を取られたまま魂でも抜かれたのか、時折、鼻の下を伸ばしたまま能面のような不気味な表情に切り替わっていることがあった。

雅士が指を這わせる動きに呼応するように全身が悲鳴をあげて軋むようになって、どこかで切り上げるタイミングを探っていたが、いやいやせっかくの機会だし不倫に没頭しよう、と何度か思い直した。甘美で切実で後ろめたさを感じるような淫靡な体験を、稲妻のような快楽に打たれるような不倫をする予定だったのだ、当初は。

その日も、勢いづいた男の体から逃げるように「今日はゆっくりしたいな……」と声を潜めて那月がさっと身を引くと、男も我に返って失敬失敬といった感じで笑顔を取り繕い、マシンでコーヒーを淹れてくれた。もう少し彼の内面に興味を持つことができれば、愛しさや可愛らしさを感じられるのではないかと、安易に思った。マグカップから立ち上る湯気で顔を包みながら、テーブルの向かい側に座る雅士の最果てのない会話に応じていると、頭に霞がかかってくる。どういう小学生・中学生・高校生時代を過ごし、上京して入った大学でどういった研究で成果をあげ、長所とも短所とも名状し難い特異性をどのように生かして、メディア出演のためにどのように人脈作りに奔走してきたか……云々。

彼が神童と称えられつつ繊細な一面を併せ持っていて、郷里に馴染めず孤立感を味わっていた過去を聞いても、アカデミックな場で活躍していても、完全に性欲に支配された人間という印象を剝がせずにいた。那月よりも一際大きな声で、通り一遍の喘ぎ声を壊れた玩具のように連発する雅士にしがみつかれていると、抱かれているというより抱いてやっている感が否めなかった。夫への罪悪感よりも寧ろ、この男への罪悪感の方が強いくらいだった。

那月が布団の上で偏屈した努力を発揮しているのも露知らず、男は精液を放出してみるみる縮こまった性器を隠すようにして、ブランケットを身に纏いながら那月に手招きした。行為後の話が長くなかなか寝つかないものだから、さっさと立ち去ることもできない。彼が子供の時に見つけた特徴的な形のマンホールの話を聞きながら、那月はボタニカル柄の施された壁紙を眺め、頭の中は帰ってからするべき家事のあれこれを順序立てている。

この間、雅士の喉元から胸元にかけて白いポツポツが点在していることに気付いた。那月はニキビ的な何かかしらなどと悠長に思って見ていたが、帰ってからネットで調べてみると、一度摘んでも中身が弾けることのない固くて粒だったあれはまさにイボに違いないと分かり、妙にげんなりしたのだった。その日のうちに、雅士にラインでもう会わないようにしようと送った。直接言ってもらえなければ納得しないと駄々をこねる彼の元へ、後日重い腰をあげて会いに行った那月だったが、「そんな……那月さん。じゃあ……最後に一発」と嫋々(じょうじょう)とした声で言う雅士に押し倒されて事を致した。絶望だけを突き返された気がして、このまま死のうかな、と那月は本気で考えた。不服げに男の首から身を離し、口を真一文字に結びながらも白イボの集合体を見つめていると「物憂げな顔しているね、エロいなあ」なんて雅士は口惜しそうに笑い、那月の口に遠慮なく舌を入れ込んでくる。パンのような独特の甘さと蒸したような香ばしい匂いが鼻腔をくすぐり、家事代行サービスで隅々まで綺麗に清掃されているというトイレで、那月は静かに胃液を吐いた。

だからこんなのは不倫でもなんでもない、というのは言い訳にならないかもしれないけれど、なんだかんだ惰性で関係は続いてしまっていた。

那月が禁断症状で震え始めた指で煙草とライターを手に取ると、雅士は窓際へと那月の背中を押し、外で吸っていいよ、と言って大きな掃き出し窓を開けてくれた。普段は分厚いカーテンで閉ざされていた四面の窓に広がる眺望を初めて見て、那月は目を丸くした。……こんなに素晴らしい眺望を隠していたなんて！　ここが高層マンションの二十八階であることを、ベッドに入っている間、すっかり忘れていたのだ。

　むわっとした熱気の塊を空砲のように食らって、那月のためにと男が買ってきてくれた百均の灰皿に長くなった灰を傾けながら燻らせていると、こんな高層に住んでいたら空気圧とかで徐々に頭がおかしくなっちゃわないのかなあ、とぼんやり思った。物干し竿が非常用扉に立てかけられている以外、土埃を被ることもないベランダはあまりにも広々としていて、ステージみたいに那月を迎えてくれる。

「那月さーん、お願いだから飛び降りないでよー？」

　窓に手を這わせた雅士は心配そうに那月の背後にくぐもった声をかける。振り向くと明るい室内からだと見えづらいのか、顔の角度を変えるようにして彼は那月の姿を探していて、しかし那月からは寂しそうな、戻ってきてほしそうな雅士の表情がよく見える。これくらいの距離から見るにはちょうどいいんだけど。檻に閉じ込められた動物を観察するように、雅士を存分に頭から爪先まで眺めてみる。別に悪い人ではないんだよな。というか多分すごくいい人で、だから乗れないこっちが悪いのだろう。

手すりに上半身を押しつけて下を覗き込むと、これは落ちたら絶対に死ぬと確信できる高さで、それ以外に魅力的なところは赤く明滅するドコモタワーや、雲に光が反射して明るく休まらない狭くて低い空、所狭しと建物が詰め込まれた街並みくらい。人の営みの匂いなんてここまでは届かなくて、やっぱり雅士はそういう生々しさから敢えて離れないと死んでしまう、どこか歪んだ弱さが表出している生物のように那月には感じられた。

一度、なんとなく思い立って、那月は微笑みながら雅士に優しく諭した。

「ねえ、私以外で遊ぶのは別に構わないし咎める権利もないいんだけど、お願いだから、変なものだけは絶対にうつさないでね。私の身体には、私以外の責任もあるんだから」

分かってるよ、と俯いた雅士が、でも、と語気を強めて続ける。

「僕は過剰に求めないようにしているのに、なんでわざわざそんなことを那月さんは言うんだろう？　物分かりの悪くてだらしない、馬鹿な男だとでも思っているの？　那月さんが旦那さんを大切に思っていることも、大切に思うあまり僕と会っていることだって、そんなの十分に分かっているよ」

ならいい、と安堵しながらも、那月はその時夫の顔を思い浮かべていた。

夫にも不首尾という点では雅士と似たところがあったが、それは那月を喜ばせるためのひたむきさとして発揮された。もっと狡賢くてもいいのに、と眉を顰めるほどに夫は要領が悪くて、生きやすさを会得するために手を抜くことを悪と捉えているところがあった。その鈍さは誠実さでもあり、那月にとって夫の好きな部分でもあったのである。しかし那月の機嫌の悪い時にはそうした夫の鈍臭さがどうにも耐え難く、もどかしさのあまり、夫を励ますべき場面でも露骨に嫌悪を顔や口調に滲ませてしまうのだった。そんな余計なことは別に考えなくていいし、しなくていいんだから。あなたにそんな期待は誰もしていないし、妙な責任を感じるほど、あなたが背負っているものは大きくないんだから。そんなことを長々と、夫に言ってしまうのだった。

だから夫が他の女性と関係を持ち、丹精にその時間を愉しみ慈しんでいたこと、その事実をひた隠し、または隠し通せるなどと思っていることを知った時、那月は一番に裏切られたように感じたのだ。いや、そうではなくて寧ろ、夫が気づかれてもいいという尊大な態度に切り替えたことが、那月のプライドをことごとく傷つけた。羽を一枚ずつ毟るように無残な痛みをじわりと与えていく夫が、那月以外への欲情を秘めていたこと、那月を傷つけてまでその発散を求めて積極的に実行に移したことまでもが、一向に信じられなかった。

悲しさに付帯していた記憶がぞろぞろと顔を出し始めていた。那月はリビングから寝室に再び戻りながら考える。夫がどっぷりと快楽めいた不倫に浸かっているのに対し、自分も張り合うようにして不貞に精を出しても様にならない。くだらなすぎて惨めで反吐が出そうだった。そのことを思うとき、那月はあまりの情けなさに、瞼の裏に溜まった雫が頬に流れていくのを阻止すべく、顔が床と平行になるように傾けた。

夫の不貞に気がつくのは簡単だった。洗濯機に放り込んだ衣類を夜中だというのに回し始め、テレビで芸能人の不倫報道が流れるたびにチャンネルをそそくさと変えるのはいかにも露骨で笑えたし、明らかに挙動不審なのにまだ何も悟られてなどいない、セーフなのだと妙な自信に満ちている夫の心根が垣間見えるのに腹が立ち、証拠集めにスマホを盗み見た。目の端でパスコード解除に至る軌道を把握していた那月は、隈なく夫のSNSのアカウントやメッセージ、アプリやらをミッションをこなすように次々と開いていき、そのどれもに同じパスワードを設定している夫の詰めの甘さも加わって、ハッカー顔負けのとんでもない掘り出し物を指で掘り当てたのだ。

再び、布団に入って目を閉じる。

次に目覚めた時には痒みもましになっていた。横にいる夫は天窓から差し込む朝日を避けるようにして、跳ねた頭頂部の髪だけを残し、布団を顔まで引き上げている。夫も那月も先延ばしにする傾向があるから、一旦棚に上げている状態ではある。今のところ、那月の不倫は露呈していないことから法的な立場で不利になるのは夫で、だからこそ慎重に策を練っているのかもしれないが、実際のところ夫は何も考えていない可能性も高い。多角的な視点で思考すべき議題や、諍いなどの面倒ごとを必死に避けて生きてきた夫は、事が勝手に進んでくれることでの解決を願っているのだ。寝ても覚めても逃れられない失態が、もしかしたら明日明後日には法的な解釈が変わって性質の異なる別の何かに変貌するとか、那月が諦めて笑い飛ばしてくれるとか、自分が行動に移さなければ改善の兆しが見えないことなのに希望的観測に縋る。だから夫にとって他の女性との性的関係なんてものは、人々があまねく触れ合い、常に変化し続けることを許容する事象そのものでしかないのだ。

そっと先に起きて洗面所で時間をかけて入念に化粧をしていたら、歌舞伎役者のように濃く描いてしまい、慌てて指とパフでぼかしながら、那月は今日起こるかもしれない対決に身構えつつあった。結婚式に集う旧友の中に、しれっと夫の不倫相手が混じっているのではないかと睨んでいるのだ。

数ヵ月前、招待状の「出席」に丸をつけた夫が「別に、行くのは俺だけでもいいんだからね。那月は無理せずで」とさりげなく言ったことも大きい。存分に羽を伸ばしたいから監視などしに来るな、ということか。脳漿を刺激するように勘が働いたことよりも、どうして康を那月から遠ざけようとするのだろう、と悲しく思うのが先だった。康は夫の親友で、夫を通じて知り合ったのは確かだが、那月にとっても大切な友人である。でも、それぞれの立場から相談を持ち掛けても、親交の深さを理由に康が尊重して味方をするのはきっと夫なのだ。それくらい許してやってよ、根はいいやつなんだから、なんて那月を諭してくるかもしれない。勝手にそうした妄想を膨らませて不快な着地点を考えては、溜息が漏れる。

那月がベッドに座り、寝入ろうとする夫に待ったをかけて女のことを問い詰めたのは二ヵ月ほど前のことだった。

「うん。したよ」

至極あっけらかんとした調子で白状したものだから、那月は肩透かしにあって、へえ？　と間抜けな声が口から漏れ出た。那月の手元には証拠となるスクショを集めたフォルダの入ったスマホが握られていたけれど、はなからそんなものを見せられる必要すらないと言わんばかりに、夫は平然としていた。

「……したって、どれくらいまで？」

夫は何も言わなかった。感情が昂(たかぶ)っていた那月は無駄だと思いつつも、追撃の質問を畳み掛けようとしたが、それを遮るように、夫は穏やかな口調で答えた。

「普通にやったよ。最後まで」

回数はちょっと覚えていないかな。聞いてもいないことまで付け加えて夫は枕に顔を埋める。壁の方に体を向けて深い溜息までつき、おやすみ、と一方的に切り上げるともぞもぞと背中を丸めた。

崖から突き落とされたというよりも、罠に引っかかって足を掬(すく)われたような感覚だった。

夫はあれから謝罪めいた言葉を一つたりとも寄越さない。

まだ寝ている夫の顔に近づくと、濃い皮脂の中に小麦粉のような甘い匂いが紛れ込んでいて、その臭さに何かが一気に満たされる。相手の女はこの臭さを愛しいと思っているのだろうか、とどうしようもないことばかりが頭に浮かぶが、そんなのは知りようもない。

神保町駅の改札を抜けて地上に出た那月は、アスファルトから噴き出す火釜のような暑さに、教会まで歩く根性は十秒たりとも持たず、即座にタクシーに向かって手を挙げた。夫は歩いて行こうと言い張ったが、那月から発せられる尋常ならざる気迫にでも気圧されたのか、それ以上の文句は言わずに黙って一緒にタクシーに乗り込んだ。写真を見て女の顔を知っている那月のように、相手だって那月の顔を知り得ている可能性があるのだし、澄ました顔を保つには、この道を歩いて汗で泥人形と化す勇気など到底持てるわけがなかった。

陽光に照らされて白く発光する街並みを窓から眺めていると、「那月さ」と夫が呼んだ。進行方向に向けられたままのその横顔を見つめる。

「来てくれてありがとう」

「……なに、康の結婚式に?」

「うん」

「なんで智充が礼を言うの？　最初は来なくていいって言ってなかったっけ?」

「いや、俺が逆の立場だったら行くの、ちょっと面倒くさいかなって」

もうすぐ着くな、と会話を一方的に終わらせた夫は、ここで大丈夫ですと運転手に告げて精算を終えると、先に降りた。

変な奴、と幅の広い夫の背中を見遣る。

「……なんか海外の人、多くない？」

役場のように殺風景な待合室で、那月は夫の耳もとで囁いた。

式が始まるまでの間おとなしく座っていると、ぞろぞろとかしましく入ってくる顔ぶれは彫りが深いか、腕や首から物々しいタトゥーが覗いていているかで二分されていて、職種も人種も身なりもその全てがワールドワイドというか芸術性が高いというか、何かのパーティーと間違えて迷い込んでしまったのかと那月は慌てたのだった。

「康の父親が有名なファッションデザイナーなんだよ」

夫が自慢げにそう言い放ったので驚いた。那月は目を見開いて、そうなの、と呟く。康は大学時代にサークルでやっていた劇団を細々と続けているが、収入の手立ても少ないからと、業務委託された動画編集のバイトを同時にこなしていた。いつもユニクロの服ばかり着ていて鳥貴族や四文屋にやたらと誘ってくる康に、実家が太いという印象はなかった。

「じゃあ、康、扶養される立場じゃんってずっと思っていたけど、逆なの？」

「そうだよ。ほら、表参道のテナントに入っているパリ発祥のブランドで、いかついオブジェが店頭にあった、あそこ。ほらほら、アバンギャルドなのがあったじゃん。父親がそのデザイナーなんだよね」

そのブランド名は聞いたことがある。というのも那月が過去に付き合っていた恋人がそのブランドを愛してやまず、バイト代をこつこつと貯めては購入に大枚をはたいていたからだった。さりげないロゴの入ったTシャツは諭吉が三人分という驚愕の値段で、払う価値があるか否かはあくまでも個人的な価値観によるものだし、手に入れる喜びを味わっているのだから別にいいのだと説得されては言い返すのも憚られたが、「BOOOH！」と書かれたTシャツを嬉々として着用しているその恋人を、那月はどこか白けた目で見ていた。

有名なファッションデザイナーの父を持つと、その恩恵を息子も受けることになるらしい。他の列席者たちの、パニエを仕込んだようなボリュームのあるワンピースや丈の短いアシンメトリなミニドレスのフォルムが揺れるたび、那月は萎縮しなければいけなかった。那月は新宿のルミネに入っている結婚式参列用や二次会パーティー仕様の服を専門に取り揃えた店で購入した、ラベンダー色のレースが全体にあしらわれたシンプルで無難なバルーンスリーブのワンピースに、シアーに透けた肌が見えるホワイトのヒールを合わせていた。それらは主役を引き立たせるために選んだものであり、ファッションを楽しむためには選別していない。彼らはその上、ローカットの厚底ブーツやドクターマーチンのイエローステッチを際立たせたヒールシューズを履いていて、クローゼットを開けてひとしきり眺めた中で選び抜いたような、自由と華やかさが織り交ぜられた装いだった。女を探そうと胸内で鼻息荒くミッションを掲げていた那月は、早速出端をくじかれた思いになる。感染症対策で間隔をあけて置いてあった椅子の両端に指を引っ掛けて持ち上げると、隣に座る夫に、ぬるぬると近づいた。

牧師の開式の辞はスピーカーの調子が悪い上に、透明のフェイスシールドが邪魔をして曖昧な話が続いており、おまけに肝心の部分で痰が絡む始末で、ところどころで堪えきれない笑いの漣(さざなみ)が充満していた。那月の口元も緩みかけたが、夫は至って真面目に正面を向き、その表情は微動だにせず、なんなら感動している気配すら滲ませている。

康と新婦が牧師から投げかけられた誓約に頷いて、結婚指輪を互いの指に嵌め合う。康が新婦のベールをもちあげて、首を傾げた。うっかりぶつかってしまったようなウエディングキスをして体を離すと、やり直すようにもう一度、今度はしっとりと唇を重ねる。

「照れててかわいいね、康」

微笑みながら小声で夫に伝えると、ほんとだなあ、としんみりと言う夫がこちらに顔を向けて、ばっちりと目が合う。那月は結婚式のこの光景の懐かしさに、夫以外の人間を投影することはなかった。どこか瞳に畏怖のようなものを宿らせた夫は、視線をさっと別の方向へ逸らした。

披露宴は料理長がコロナに感染したことで流れてしまい、それでもせっかくこれだけ集まってくれたのだからという新婦の要望で、駅近くのビルの中にある小さなバーを借り切った形で二次会が執り行われることになった。そのことを那月が知ったのは式が終わってからのことで、花嫁はウエディングドレス姿のまま颯爽と康と共にタクシーに乗り込み、それに倣って次々と二次会に向かうべくタクシーを呼び止めては乗り込む列に揉まれているうちに、夫はいつの間にか旧友たちと一緒にとっととバーへ行ってしまったようだ。それで那月も仕方なく、一人でタクシーに乗ってバーに向かった。

普段はどちらかといえば無口なのに、酒が進むと途端に陽気な片鱗を見せる夫の周りは盛り上がっていて、那月は近寄りがたかった。新郎の康も常に取り巻きがいて話しかけづらく、その一帯の勢いに弾かれて那月は取り残されたように二次会の様子を傍観していた。店内の照明が当たらない、奥に置かれた三人掛けのベロア調のソファにはすでに泥酔した見知らぬ女が肘掛けに頭を乗せて寝ていて、反対側の端に少し距離を空けて座る。

那月は人見知りを大いに発揮してこの場に気後れしていた。身内や親しい間柄の者には口調も態度も厳しく当たるが、実のところは小心で内弁慶気質の那月にとって、あれだけ自分の話を面白がってくれた雅士を今でこそ少し恋しく思う。手持ち無沙汰のせいでアルコールがやけに進んでしまい、那月はしきりにトイレに行った。便座に座って尿を一息に放つ。夜中に掻き毟ったせいで皮膚に鋭い痛みが走り、眉を顰めて身を捩った。直後に、排泄に似た違和感が膣部から膨らむように伝わり、ボトンと水が跳ね上がる音が聞こえる。嫌な予感がして、くっつけていた太腿を引き剝がすようにして恐る恐る股の間から中を覗いた。水面下へ滑り落ちていく膣座薬が、たった半日ともたなかったことに落胆する。

店内は顔を赤らめた夫が素っ頓狂な声を出して盛り上がっているグループと、流れる洋楽に身を傾けるようにして揺れている人々とで分断され、混沌とした様相を呈していた。那月は壁の上部に取り付けられたモニターに映るPVを、ソファに座って見るともなしに見ながら帰りどきを探っていたが、この様子だとなかなか終わりそうにない。

痺れを切らした那月は、一つ階を下がったところのイタリアンレストランの入り口に灰皿が置かれていたことを思い出して、夫に見つからないように煙草を腋の下に挟んで隠しながら、そろそろと店の外へ出た。

エレベーターの横にある外付け階段の中段あたりに、足を組んで座っている女がいた。頬が上気して桃色になっているのが、少し離れたところからでも窺えた。下着が丸見えであることも厭わない、女のはしたない姿勢を視界の隅にとらえたまま、那月は煙草を一本引き抜く。強い風が吹き込んできて着火に手間取っていると、女がふと何かに気がついたように徐(おもむろ)に顔を上げた。探していた、あの顔だった。

品定めをするように全身を見つめてくるので、那月も冷静に女の全身を値踏みするように視線を上下に動かす。浅葱(あさぎ)色のマーメイドラインワンピースに身を包み、胸元まで垂れ下がったオリーブグレージュの髪は毛先の巻きが取れ、肌は色白く、目のつりあがっているのを押しとどめるように控えめなアイラインが引かれている。後退した顎から伸びる首元までのラインは、うっすらと肉づいて美しいとは言い難かったが、先入観があったせいか独特な色気を発しているような気がした。それは数秒か数十秒か、とにかく互いを威圧するだけの十分の時間が経過したように思えた。女が先に顔を背けた。鼻から太い煙を吐き出した那月は、そうかいそうかい、と胸の内で静かに頷いた。

近所にハクビシンが出現したときくらいには興奮していた。那月ははん、と口元を綻ばせる。どうやら女は那月と同じ状況のようで、彼女を慮って介抱する人間の姿はなく、喫煙所に行き来する誰からも声をかけられることがないまま、ぼうっと虚空を見つめている。その侘しい姿を目に焼き付けていると挑む気持ちもへし折られ、立て続けに二本を吸い上げているうちに満足した那月は、エレベーターを使って店内へと戻った。

終宴が迫りつつあることを大声で発した康に促され、ぞろぞろと店外へと流れ出た御一行は、掃き溜めのように駐輪場の前で雑談を繰り広げている。

「僕たちはもう帰るよ。おめでとう、康」

デニーと呼ばれていた巨体の男は大仰なジェスチャーで康を抱きしめ、隣に居た、耳のほうまで裂けるように長く施されたアイラインに大粒ラメを瞼に塗したガガ風の女も続けて「どうかこの後も楽しんで」と康と新婦の片頬にキスをして、軽く抱擁をする。その一連の仕草のどれもが異国情緒な優雅さを醸し出しているのを内心毒づきながら眺めていた那月は、一組、また一組と帰っていく列に紛れながら、胃のなかで消化しきれずに寝そべっている五杯目のハイボールが喉元に込み上げてくるのを抑えていた。

「まだまだ飲みたーい！」

駐輪場の脇に設置された花壇に腰掛けた康の妻が突然、声高々にそう発した。その一言が火をつけたように間髪入れずに一行の賛同が続いて、紛れ込むように夫も「飲みたーい！」などと調子よくひときわ大きな声で両手を目一杯広げ、叫んでいる。電柱に凭れた夫の腕を手に取り、見知らぬ男が首に巻き付けるようにして介抱してくれていることに感謝しながらも、さすがに連れて帰ろうと足を踏み出しかける。でも、「ノリが悪い」と一蹴されそうな浮き足立った雰囲気が全体的に漂っているこの集団の中で、那月は怯んで言い出すことができなかった。デニーとガガが颯爽と帰っていったあの絶妙なタイミングを逃したことに唇を嚙み締めながら、どこかへ向かおうとする御一行の最後尾に、那月も渋々ついて歩き始める。

「でもさー、どこで飲む？」「この人数で入れるとこあんの、今の時期？　新宿まで移動しちゃった方が良くない？」と、行く場所も決めずに見切り発車で闊歩し始めた御一行は、幅を膨らませたり縮めたりしながら彷徨(さまよ)っている。古書店が続く歩道を、派手な装いのままの集団が笑いながら行進している様は、浮いているというよりも浮かれている。ヒールの尖った爪先に合わせて無理やり押し込んだ小指が痛むのを労わるようにして、足にかける重心の軸を内側へと変えながら、那月も遅れてついて行った。

どうやら近くの公園で宴の続きを開くことが決まったらしい。食料調達のためにファミマに入り、各々が躊躇なく酒や肴となる乾物やドライフルーツ、アイスに氷カップを康の友人が手に持ったカゴの中へ続々と入れていった。それにならって那月も「すみません……」とそっとハイボールを入れる。

方々の息が酒臭い。

「あれ、智充は？」

康が誰ともなしに尋ねた。さあ、と周りにいる一行は首をかしげる。

那月は買い占めたといってもいいほどの大量のアルコール飲料がレジ台から溢れてしまっているのを、バーコードを読み取り終えたものから素早くレジ袋に詰めつつ、彼らのやり取りに聞き耳を立てていた。

鼓動が早まる。

「和也（かずや）とローソンに行くってさっき出ていったよ」と誰かが呑気に言ったのを受けて、

「なんでローソン？」と康が尋ねるのが聞こえる。

「ここのコンビニ、煙草売ってないじゃんって言って、それならあっちのローソンにあるんじゃねって和也が出ていって、それを追いかける形で智充も出ていったよ」

と言ったまさにその時、和也と呼ばれていた男がファミマに入ってきた。

「あれ、智充は？」

和也は自身が質されている状況が理解できないのか、目を細めながら店内を見渡して、

「いや、会計してたらいつの間にかいなくなってて」と言った。

「そうなの？」

「先にこっち来てんのかなって思ったんだけど」

「電話すれば？」と誰かが割って入った。那月はパンパンに詰まったレジ袋を、流れ作業のように横にいる男たちに渡していく手を止めた。出鱈目に脈を打ち続けている心臓が痛い。康が頬にスマホを当てながら唸っている。腕に食い込んだ鞄の持ち手の跡を指で摩りながら待っていると、和也という男がややあって、弾かれたように顔を上げた。

「やべ、そういえば引き出物ごと荷物渡されたんだった」

そう言うなり、智充の引き出物袋の中から震えているスマホを取りだす。「……あーあ」

と康が眉を顰めて電話を切る。

「……どうする？」

「いや、一応公園の場所も言っておいたから分かると思うんだけど」

「えー、でもスマホもないんでしょ？　迷わない？」

「じゃあここから動かないほうがいいいんじゃないの」

康の妻が不服そうな声を漏らした。「アイス溶けちゃうから買った人はもう取っていってー」と入り口の手前にある荷物置き場で、缶やアイスなどをボランティアみたいに配り始める。和也が「あいつバカだなあ。財布まで忘れてんじゃん」と引き出物袋から次々と見せつけるように貴重品を取り出したが、それは全て那月が毎年の智充の誕生日ごとにプレゼントした見慣れたものだった。

おずおずと挙手するように那月は、あの、と身を前に出す。

「私、探してきますので、皆さんはどうか先に行っていてください」

親しくない視線がいくつか持ち上がる。

「あ、智充の妻です」

「那月、俺も一緒に行くよ」

康が列の合間を縫ってやってくるなり、那月の肩に手をかけた。優しく二度、叩く。そうだ、康は前から那月に優しかった。冴えない劇団員だけれど那月を会話から隔てることもせず、夫が那月と結婚する時の証人にもなってくれた。いつだって那月と智充の味方になってくれていたではないか。来る前まで康を懐疑的に思っていたことを自戒するように、那月は惚れ惚れとした表情で康を見上げる。義母が亡くなって夫が随分と落ち込んでいる時も、それで仕事や生活がままならなくなりかけた時も、那月たちの家に駆けつけて励ましてくれた。康にはやはり拭うことのできない人としての品の良さみたいなものが根付いていて、どれだけ隠そうとしても滲み出てしまう性根の優しさとも直結しているように思えた。

新婦が訝しげな顔でこちらの様子を窺っていることに気がつき、那月は慌てて、側にいる誰しもに聞こえるハキハキとした口調でこう言うしかなかった。

「大丈夫大丈夫！　康は今日主役なんだから死ぬほど飲まないと！」

両脇を閉じて那月はガッツポーズを取ると語気を強めた。「さっさととっ捕まえてくるから。信号の先の坂の上の公園でしょ？　すぐに合流する！」

康が、ああ、と力なく返答するや否や、那月はコンビニから冷気を纏ったまま飛び出した。本当は康になんとなく今の夫とのことを話したい気もしていたのだけれど、こればかりは仕方ない。

いざそこのローソンといえどなかなかに距離があった。道路の反対車線に面したローソンの看板はファミマを出てもすぐには見えず、和也という人はいったい何を以てすぐそこと称したのかと呆れた思いを抱きながらも、那月はアスファルトにヒールを強く打ち付けて歩いた。容赦無く照りつける日差しから逃れるように、等間隔に植えられた街路樹の落とす影のなかを進むようにして、ローソンを目指した。

智充はいなかった。

店内に入って一周、二周してみたが、やはりいない。深い溜息を漏らして途方に暮れた那月は、化粧落としのシートが掛かっているラックの前に突っ立っていた。暑くて気だるくて一気に体も心も余計な脂も思考も脱ぎ捨てたくなる。加えて酒を飲んだせいか、ぶりかえし始めた膣の執着じみた痒さが、さらなる苛立ちを引き連れてきているようだった。

あの、と背後で耳新しい声がした。

最初は無視していたが、あの、那月さん、と明確に名前を呼ばれて体が跳ね上がる。

振り向くと、体を張り付けるくらい近い距離に先ほどの階段の女がいて、更に目を見開いた。虚をつかれた那月の視線が、女の首元から顔へと移される。

「いや、一人で探すのは流石に大変かなって思いまして」

……いや、なんで当たり前に話しかけてくるわけ？

那月が頭の中で浮かべた疑問を潰すようにして、女はどこか飄々とした調子で続けた。

「歩いている途中もすれ違わなかったですし、反対の方面に行っているかもしれないですよね。住宅街の方まで行っちゃったのかな？　それとも別の公園の方に間違って行ったとか？」

勝手に言うだけ言って、女は采配を振るようにドアから出ていった。那月は眉を顰めながらも、夫はどこかでこの女と落ち合っているのではないかといらぬ妄想を脳内で駆け巡らせていたこともあって、内心、胸を撫で下ろしていた。那月よりも身長が高い女はぬりかべみたいに縦にも横にも図体が大きく、階段にいたときよりもずっしりと構えた雰囲気を放っている。かきあげきれずに頸(くび)に張り付いた女の後れ毛を見つめながら、この女もあの混沌とした御一行に義理堅くついてきたのか、と不思議と同胞めいた気持ちが湧き上がった。

ファミマともローソンとも逆の方角、バーから向かってきた道を戻るようにして、並列のまま連れ立って二人は闊歩していた。早足の女に遅れを取らぬよう忙しなく足を前後に出していた那月だが、行き交う女性の日傘の縁が那月の肩にあたり、どうしてこの女に歩きやすい方を譲っているのだろうとなんとなしの屈辱に駆られた。それで女の前に颯爽と体を滑らせると、一列に幅を萎ませる。

「こういうとこありますよね、あの人」

那月の後頭部に向かって発せられた、あの人、という響きにはやけに冷徹な含みがあった。あなたの旦那のことを知り得ているという優越感を滲ませていることも、どこか他人事とも取れる語り口調であることも癪に障り、そうですね、とあしらうようにして返す。

「でもそういうところが良くて、だから夫と一緒にいたんじゃないんですか？」

那月は独りごちるように質した。前に向かって発する形だったので雑踏に紛れて聞き取れていないかと思いきや、女はすぐと「私はあの人のこういうところは、だらしなくてあんまり好きじゃないですね」と直裁に言い切る。

……偉そうに！

夫に向けた否定の言葉が全て那月自身へと跳ね返ってくるようで僅かに憤怒した。でもどうして夫が詰られると、自分をも詰られているように感じるのだろうか。それが夫婦という番の責任やら宿命をも暗示しているのか。でも、夫の過ちに対抗するような行為をしている今の那月は、もはや夫と異質のものでできた夫と同質な何かなのかもしれなかった。

胸内で先ほどの女の言葉に反駁しながらも、実際に那月も似たような不満を夫に常々感じてはいたのだ。後先を考えずに人を振り回すくせに、面倒なことや熟慮すべきことは先延ばしにするし、酒を飲むと、現世の厄介ごとを振り払うように人目も気にせずに酩酊して、自制を失う。些細なことに神経を張り巡らせて慎重に物事を遂行する那月とは違い、温厚な性格の夫は出会った当初こそ、その存在だけで齎（もたら）される安堵があった。それがいつの間にか翻り、優れていると信じていた夫の特徴が、そのまま欠点に成り下がり、那月が日々腐す要因へと転化した。とはいえこんなものは、大概の夫婦や恋人や家族が通過する恒例の儀式みたいなもので、真剣に向き合えば向き合うほど、風見鶏のようにその良し悪しは反転するのだ。そう自らに納得させるように思い直す。それだけ親密である証左でもあって、だからこそ女がその部分をも享受して夫と関わっていたことが、那月は面白くなかったのだった。

「そもそも馬鹿にされているんですよ、私たちは」

女が何かを思い出したように、しかしあまりに唐突に発したので那月は思わず立ち止まって振り返った。陶然とした面持ちの女に向かって、「……私たち？」と戦慄いて尋ね返す。「まさかあなたと私が同等の立場だと？」

「いや、そういうことではなくて」

女は額で玉となった汗をハンカチで押さえるようにして拭いつつ、言葉を手繰り寄せるように少し間を置くと、また口を開いた。

「私にはそもそも、智充さんを都合よく扱っている部分があったんです。でも智充さんもまた、都合よく扱える女性として私を蔑んでいるのを感じていました。ある種の貞操観念に近い、従順で不服を申し立てない無知な女という幻想を抱かれている時点で、私は旦那さんに馬鹿にされています。対して那月さんは、そういう不純を外で存分に発揮されても仕方のない女だって馬鹿にされている形です。なんなら、彼の不貞を焚き付けてるんだって思われている」

女は俯かせていた顔を持ち上げて、困ったように那月に笑いかけた。

「とはいえ本命以外で遊ぶなんてことは、往々に継承され続けてきた営みの一部であって、彼らは女性を蔑んでいるなんていう意識に到達したり自覚したりすることはないでしょうからね。既に跋扈しているミソジニー的な思想を改めて悪と評するのは億劫ですし、根深く鎮座しているそれを、こちらがどの程度まで妥協して許容するのかが問われているのかなと。私だってその思想に抗おうにも、男性全般を嫌うなんて到底不可能ですし、一ミクロンでも女性を馬鹿にしていたら許せないと、排除するに努めても仕方ないですから。かといって迎合し続けるのも疲れますし、一体どうしたらいいんでしょうかね」

と早口に付け足した。

那月は湧き上がってくる嫌悪でみるみる顔を歪めていった。

「馬鹿にされているって思いながら、じゃあなんで夫と一緒にいたんですか？」

「申し訳ないですが、始めは結婚しているっていうことが智充さんの唯一の魅力だったんです」頬に張り付いた髪の束を耳に引っ掛けながら、ばつが悪そうに女はそう答える。

「あ、人のものを奪うという感覚に酔いしれているわけではないですよ。ほら、血統書付きの犬にやけに拘泥る人がいるじゃないですか？　人にも学歴や名誉以外に特定のお墨付きや称号として与えられているものがあって、既婚というのがその一つであるわけです。だから誰かの所有物に対しての直接的な興奮ではなくて、私の場合は、苗字を変える手続きなどの煩瑣な作業に翻弄され、それを淡々とこなしていく那月さんの姿がまず第一に頭に浮かんで、智充さんはそこまでしてあげたいと思われる人なんだ、っていう感慨に興奮しているわけです。それって寝取ることの快楽と同等同質の下劣な行為だって一括りにされがちですが、決してそうではなくて、連綿と続く日々を共にする覚悟というのは、今後も起こり得る厄介な事態をも共有するってことじゃないですか。それを許すだけの価値がこの人にはあるんだってことを、那月さんが証人となって示してくれているわけです。要するに那月さんがいてこそ、智充さんの男性としての価値があるんです。私はいまだ、そんな価値を誰かに与えたことがないですから、那月さんはすごいです」

てんで勝手な女の戯言を聞きながら、那月は肥溜めに群がる蠅でも見るような、冷酷な視線を彼女に突き刺していた。女は曇った表情の那月の顔を見遣るなり、「あ、でも那月さんに同情もしてますよ！　もちろん！」と随分と潑剌とした声音で言って両手をひらひらと振った。

女を振り払うように那月が足を早めると、獲物を捕え損ねないようにと必死で追うような執念を女は忙しないヒールの音に宿し、辺りの人混みを散らすようにして那月に懸命についてくる。

「段々、これじゃあ奥さんも愛想尽かすだろうなって思うようになっていました。私に没頭するあまり、智充さんの幼稚で生硬な部分が恋愛の真似事を通して透けて見えてしまったんですよね。想定していた以上に心酔されて、あれ、これはちょっと違うかもって食傷気味というか、最近はちょっと引いていましたし……。那月さんが呆れる気持ちもだから、よおく分かりますよ！」

　顔面を引っ叩いてやりたいという憎々しい気持ちや戦意は、那月の中から完全に消失していた。それよりも、夫から迸る恋情を受けるに久しいところにいた那月は、自身の皮をどんどん引き剝がされるような拷問めいた女の科白に、着実にダメージを受けていた。引き摺られるものかと体の軸を定めるのがやっとで、悔しさや悲しさや怒りとも似て非なる混沌と彷徨う感情の中に、すっかり閉じ込められてしまったようだった。

　さりげなく街中に目をやるけれど、混み合った土曜の神保町のどこにも夫の姿は見当たらなかった。遠くに漂っていた陽炎に近づいては包まれ、暑さで徐々に明瞭な意識が奪われていく。意固地となってあてもなく捜索を続けていると、相手にされないことに女は怯んだのか、肩を上下に動かして息を弾ませながら、後方で叫ぶように那月を呼び止めた。

「那月さん。私はあなたを打ち負かすことが目的でここにきたわけじゃないんです。だって正直、私は途中から、那月さんと付き合っているような感覚になっていましたし！」

　那月の額に滲んだ汗が睫毛を伝って、マスカラを混ぜ合わせながら目に入り、鋭く染みる。目をしばたたかせながら「……さっきから何言ってるんですか?」と女を睨みつけた。

「不思議ですよね。だって一度も会ったことがなかったのに。でもどこかで一番親しい人のように思っていたんです」女は嬉しそうにそこまで言うと一息ついた。「智充さんと交際を始めた最初の頃は、あなたが部屋の隅とか、天井とか、読書灯の側にいて、常に私たちを監視していたんです」

「……監視?」

「はい。智充さんは気づかないふりをしていましたが、私たちに共通して見えている幻影として那月さんは立派に現れていました。見えることは一つの興奮材料でもありましたし、那月さんも時折参加してくださっていたんですよ。あれを、3Pっていうんですかね。でも、次第に智充さんのことよりも、すぐそこに突っ立っていたり張り付いてきたり覗き込んでこようとする那月さんの方が気になって、智充さんに集中できなくなっていったんです。あれは見事でした。那月さんという妻の生態に興味が湧き始めたのもその頃です。旦那さんと話している時も、那月さんだったらどう返してあげてるのか、一緒に食事をする際に気にかけるのはどこなのかとか、二人に共通している冗談は一体どういった種類のもので、那月さんは話すきっかけを智充さんに何割くらい与えているのかとか、考え出したらキリがありません。那月さんだったら、が私が話す時の拠り所になっていきました。おかしいですよね。本来、私が智充さんにするべきは、那月さんが持ち得ない魅力や状況を惜しみなく提供することなのに……。いつの間にか複製した那月さんになりきって、那月さんを正確に模倣して振る舞うことの方が正解に思えてきてしまったんですから」

女の左手の薬指に嵌められたシルバーリング、それも那月を真似たということなのだろうか。不吉さを増していく女の戯言を真に受けないようにしながらも、明らかに動揺しつつある那月は、自身の薬指の華奢な指輪を隠すようにして、右の人差し指の腹で撫でた。

「……で、会ってみてどうでしたか実際」

「思っていたより平凡な人だなと思いました」

女は真っ直ぐに那月を見据えながら言った。

「私も、そう思います」

それだけだと自分を卑下していると受けとられかねないと慌てて「私も、あなたのことが、とても平凡な人だと思いました」と丁寧に付け加えて、返す。

ドラッグストアが交差点の角に見えた。店頭のラックには首元に装着するタイプの扇風機がずらりと並んでいて、那月はその涼しげな店内に思わず引き寄せられる。灼熱とヒールとカンジダの三大地獄を背負った中で、何か一つでも解決しないとこれ以上は動ける気がせず、ふと、そういえば膣座薬は市販でも売られているよな、と思い至り店に足を踏み入れかける。背後からの視線に振り返ると、やむなく白状した。

「私、今、カンジダなんです」

「え、私もです」

奇しくも、という興奮が女の顔に湛えられていて、那月は拍子抜けする。

「カンジダです、私も。でもまだ病院には行ってなくて」

那月と女は顔を見合わせた後、……そうですか、と互いに頷いた。夫とは一年以上セックスをしていないが、確かタオルも感染経路になり得るんだっけ……タイムラグとしてはどうなのか……などの諸々を瞬時に考えつつ、まあそれは別にどうでもよくて、兎にも角にも夫もカンジダの可能性が高いという事実が判明し、那月はただただ億劫な気持ちになっていった。

「ドラッグストアでも売ってるんですか？　処方箋がないとダメなのかと……」

物珍しそうに店内を見渡す女が、那月に声をかける。

「薬剤師がいるからもしかしたらって。まあ置いてないとこもありますけど」

店内の一番奥まった場所に設置された陳列棚に、生理用品コーナーがあった。腰をかがめて棚板についたネームプレートを指で追いながら、あった！　と小さく叫ぶ。空箱のままのフレディＣＣ１。那月は思わず嬉しくなる。二つのパッケージを見比べるように持ち上げた那月は、緩慢な動きで女を手招いた。

「……どっちにします？」

細長い箱と小さい箱とを掲げる。

女が屈んで「これって、どう違うんですか？」と那月の手元を覗き込んだ。

「アプリケーター付きかなしかって感じですかね」

「タンポンみたいなこれですか？」

イラストを指差す女の爪は長く、肌馴染みのいいピンクベースに細いシルバーラインのフレンチネイルが施されていた。

「うん、あなたはこっちの方がいいかも」

ラックをぐるりと囲むようなレジの長蛇の列の最後尾を探すと、店の外にまで溢れ出ようとしている。立ちくらみを起こしながら並んでいると、両脇の陳列棚に展開されている大量のムヒアルファが目に入る。「私、あまりにもしんどいからこれを塗ろうかと思っていました……」とデフォルメされた大きな蚊が噴射液で撃退されているポップアップを、女はぼんやりと眺めながら呟いた。「爪でバツ印つけられないですもんね、膣って」と那月はどうでもいい返事をする。

「そうなんです。だっていわば真菌でしょう？　水虫対策のものでも効くのかなって考えたりもしていて。ずぼらすぎますかね？」

女は誘うように笑いかけてきたが、那月は無視をする。

列の進みが遅いのに痺れを切らしたように、女はヒールから足を引き抜いて一本足の姿勢のまま片足をぶらぶらさせると、「わわ。靴擦れ、三つもできてるわ」と那月に見せつけた。踵と外反母趾らしき親指に一つ、小指の付け根近くに沿うようにしてまた一つ、裂けた皮の合間から赤い肉が痛々しく覗いているのが分かる。

「じゃあ絆創膏も買っときましょうか。先はどうやら長そうですし」

那月はレジに近づきつつあった列から渋々離れると、ガーゼのコーナーへ立ち寄って絆創膏を幾つか手に取った。自分用にサイズ違いも買っておくか、とカゴに放り込みながら、「てか公園でって……あのノリ、学生かよって感じですよね」と、ふと思い出して愚痴っぽく言うと、女が吹き出した。

「分かります。あり得ないですよね。しかもショートブーツで来ている人もいて驚愕！　お洒落なのは別にいいんですけど、見ているだけで暑苦しいというか。今頃、蒸れてすっごく臭くなってますよね、足」

　女は、そうだ！　と手を叩くと、背後にあったラックから汗拭きシートを手に取って胸に抱き、颯爽と入り口の方へと戻っていった。積み重ねられたカゴから一つ抜き取って那月の元へと戻ってくる。那月もつられて肌温度マイナス三度と謳う厚手の大判ボディーシートのぶら下がっているのを、桃の香りと石鹸の香りのどちらにするかで悩み始めた。

「……今日、日焼けもやばいですよね。大名行列してるときからもう日差しが直撃って感じで肌が痛くて」女がうっすら赤くなっている腕を掌で撫でる。「大名行列！」那月はうっかり吹き出した。「それなら日焼け止め、スプレータイプの方がいいんじゃないですか、手が汚れなくて済むし」あ、そうだそうだ、除菌ウェットの替えが無くなっちゃったんだっけ、と自身の発言から買い足すものを思い出した那月はそれを探し始め、「那月さん、なんとリップモンスター残ってましたよ！」といつの間にか女は四角いパッケージを持ってきて那月の顔の前に差し出してくる。それを受けて那月がクッションファンデで気になっていた新作が大量に陳列されているのを物色していると、女もどこからともなく転がすタイプの脂取り紙を持ってきて、那月もどこの店舗でも売り切れ続出だった韓国の睫毛美容液を手に取り、すでに底をついているというホエイプロテインタイプのザバスを女が、不眠解消用に愛用している睡眠導入サプリを那月が、ティッシュ、ハンドソープ、キッチンペーパー、洗顔料、ＯＳ－１……と競うようにして無心のまま二人は商品を次々にカゴの中に放り込んでいった。

膨らんだレジ袋を両手に持った二人は空を見上げた。切れ切れに赤くちぎられた雲が頭上をゆったりと流れていく。

「お腹すきましたね」

これを持って歩くのか、と今更だが後悔しながら那月は袋を両手で抱え込んだ。

「さっきボンディの看板見たんですよね。わあ本物のボンディ！　ってなったのに誰も見向きもしていなくてびっくりしました」と女も那月に調子を合わせた。

「二次会、どうせならあそこに行きたかったですよね」

「分かります。ピザが出てくるのが遅すぎましたし。野犬みたいに群がる人々を掻き分けてまで、食べる気が起きないというか」

「一切れも獲得できませんでしたよね、ピザ」

「あーやだやだ！　せっかくならおいしいものでも食べましょうよ！　せっかく神保町まできたんですし！」

女は興奮を抑えきれない様子のまま、有無を言わさぬ強い語気でそう宣言するとスマホで食べログを開いた。ちょうどディナーの時間帯が始まる直前の頃合いでタイミングがいいからと、近場のカレーの名店を次々に挙げては、那月にどこがいいですか、と尋ねてくる。取って食われそうな迫力を女から感じ、些か身を後退させる。スマホで店の方角を確認した女が、那月の腕を引っ張って歩き始めた。

「私はね、性欲、食欲、睡眠欲、それらに忠実に生き従うことが大切だって思っているんです。さらに大切なのはその三大欲求をより良質な方法で消化するということで、だから口コミのレビューも大事な判断材料になるんです。那月さんには申し訳ないですけど、セフレに既婚者を選ぶっていうのもまさにそういうことですよね！　家庭という責任を背負った人間がその責任を蔑ろにしてまで時間を費やしたいと願って取り組むセックスと、独身で何も失うものがない人間がするセックスとで比べたら、前者の方がより良質な感じがしませんか？」

女はぎこちないAIスピーカーのように一息に話し、那月は共感をいっさい覚えない持論を展開されたことに気圧されていた。

「……余裕があるんですね。生活に」

女は不服そうな顔をして、いや、とかぶりを振った。

「何も高い金銭を払うことでしか摑み取れないものが良質ってことではないですよ。余裕があると言われると、なんだか働かないでサボっているみたいですからちょっと心外です。自分に跳ね返ってくる精神と肉体の健康を第一に考えてみれば、良質の基準が自ずと分かってきますから。そうやって最適解を導いていく手間をかける意味と必要性が、自分の身体にはありますしね！」

那月は適当に相槌を打ちながら、体の末端から徐々に温度を失っていくのを感じていた。自分はとんでもない人間に夫の自由を委ねてしまったようで、潑剌と語るこの女のどこに夫が没頭しているのかが余計に不可解だった。それに、と思う。傍目から見れば、欲望に忠実で翻弄される姿は、時に残酷なまでに滑稽で痛々しくもあった。この女に限った話ではなく、雅士も、夫だって。那月はそこまでして懸命に欲望に向き合ったことがなかったが、それはこの女曰く良質な人生ではなかったということなのだろうか？

「人間として良質であったか否かは最終的にどうやって判断するんですか」那月が神妙な

面持ちで聞くと、そんなの分かるわけないじゃないですか、と女はあっさりと断言した。

「それに、私はまだ良質を完遂するための途上ですから。あくまで良質らしきものを獲得することを目指して日々生きてますけど、相対的に見て正確に良質を選び取れているか否かは誰かが推し測れるものではないですし、先ほども話した通り、めいめいで基準が違いますから。ファーストフードを毎日食べることが著しく健康に害をきたすと科学的に証明されていても、その摂取が自身にとっては良質と捉えている人もいますからね。中毒性が高いことと質が高いことをさすがに履き違えてはいないでしょうけど、口にしたものを正当化するために暴論を吐くことはあるわけで、それはその人の生き方であり思想でもありますから、他者が口を挟むことではありません。もちろん今のは極端な例ですよ。ただこういった選択肢が生活の至る所に紛れて存在している中で、これを選んでいたらあれを選んでいたら、の最終結果は推測することしかできないわけです。私がどんな生き方をしていても誰も一切興味なんか持ちませんからね。だから自分のなりたいものを目指すという行為自体が崇高なのであって、その命題として私は良質という言葉にたどり着いた、ただそれだけですよ」

じゃあ、女の良質な人生を支えるために夫が使われているわけか、と那月は冷めた部分でそう思う。異常な倫理観を披露し続けるのもさることながら、まるで正当な生き方や欲望の発露までをも熟知しているかのような女の高慢な姿勢が、那月に猛烈な不快感を与えていった。

那月は小さい頃から、痛みがどこから発せられるのか分からなかった。自分の痛みは他者とは共有できず、ここが痛い気がする、となんとなく指し示す部位が本当に思っている通りの臓器なのかが不安だった。幼き頃の那月はそれで、医師や親や教師の前で痛みをどう伝えれば良いのか悩んだ。だから那月の人生は欲求に忠実になるとか、良質なものを選び取るといった段階の手前で止まってしまっていて、自分の欲情がどこに蹲っているのかさえ分からなかった。

アスファルトの継ぎ目に挟まったヒールを、膝に力を入れて引き抜いた那月は、思わず笑った。

「あなた、友達いないでしょう?」

「なぜ?」問われた女は首を傾げた。

「あなたのこだわりの強さは人を疲弊させますから」

「まあ、そうでしょうね」とやけにしおらしい。「定期的に連絡している友人もいないですし、これまで長く続いたパートナーもいません。結婚願望を抱いたことも子供が欲しいと思ったこともありません。色々と欠陥が多いのだと思います、多分」

「夫とも、まさかこんなことばかり話していたんですか？」

　那月は可笑しくて仕方なかった。女は沈思するように目を伏せて首を振る。

「いいえ、ここまでは話しません。当たり前ですけど、旦那さんは私が外用にあつらえた表層の部分しか知らないんじゃないですか。語りすぎることで損なわれる色気があるということも、痛いほど知ってますから。あくまでも心地よい関係を築くために、疑念を抱くことなく行えるセックスをするために、主張は最大限抑えています。それが大人だと思っています」

　気がつくと目的地だったカレー店の前に着いたらしく、女はそそくさとスマホを見遣り「……ちょうど十七時」と呟くと地下へと続く階段を弾むように降りていった。大人なのだろうか、それは。欲望に忠実に従う女の背を追うようにして、高い段差の一段一段を転ばないように爪先に力を入れて降りる那月の頭を、ふとそんな考えが過る。

　壁側のソファ席を譲られて腰掛けると、女から受け取ったドラッグストアの袋を端に追いやるように置き、その上にさらに膨れた自分の袋を重ねた。ものの五分もしないうちに運ばれてきた野菜カレーを女は満遍なくあらゆる角度からスマホのカメラで写真に収めると、食べることだけに徹底するように白米とルーを一定のリズムで口に運び続けた。食べ終わるや否や店員を呼び止めて皿を下げさせ、アイスコーヒーを二つ、と那月の承諾も得ぬままに注文した。

那月から見える位置に座っているテーブル席の男女は、二人の間を裁断するように設置されたアクリルボードを、店員に咎められない程度に斜めに置き直していた。どちらかが声を発するたびにその僅かな隙間に耳を添わせている。顔を近づけて、また離れて、近寄って、笑う。

「智充、九段下の先まで行ってしまったのかな」

あり得そうですよね、と女はにべもない応答をして鞄からリップクリームを取り出すと、唇に何往復も塗り込んで「ンーっぱっ」と鳴らす。冷水をナプキンに垂らし、撫でるようにテーブルの上を拭くと、現在地が青く点滅する地図アプリを那月にも見えるようにして画面に出した。

夫に抱いた最初の印象は、律儀、だった。三年前、勤めていた運送会社のカスタマーセンターで電話対応を行っていた那月は、配達の最中で起きた、言われなければ分からないほどの商品の傷や梱包の角の潰れや凹み、数時間後に届く予定の荷物が来ないだの、こんなものを二個も注文した覚えはないだの如何様にもし難い些事まで、躍起になって責め立てるかしましい顧客の不満を耳に押し込めながら、マニュアルに則った説明で相手を宥める対応に尽くしていた。肩で受話器を押さえながら、簡素化したメッセージをキーボードで打ち込む物理的な姿勢の辛さにしんどさを感じることもあったが、人の負の感情が体に流れ込むこと自体に耐えきれず退職していった社員も見受けられた中で、那月は、案外自分には向いている仕事だと高を括っていた。それでも業務の端々でしっかりと肥大していくストレスがあったことに気がついたのは、半年に一度だけ通っていた美容院でのことで、円形脱毛症の跡があることを美容師は恐る恐る告げ、見開きの鏡に那月の後頭部を映した。ほらここ、と指さされた部位は、たしかに刈り取られたような短い産毛が楕円状になって生えていた。与り知らぬところで何かに傷ついて、何かにストレスを感じている。そのことに鈍感であり続けなければいけない理由はなかったのに、無様な後頭部を撫でると、慰撫しきれない自分自身を持て余しているように思えてならなかった。

その頃、那月が癒される拠り所として機能していた相手もいたが、そのどれもが短く交際しては別れてと、定まりのつかない状態で間断的に続いていた。クレームをつけてくる顧客が感じるのと似たような、何か不満めいたことが那月自身にも詰め込まれているのかもしれない、と恐ろしく思い始めていた。その頃、会社の取引先に勤めていた智充と知り合って、懇意になった。

ベッドの上で、那月の陰部を丁寧にティッシュで拭う智充の下がった頭部を見て初めに感じたのは、律儀だなあこの人、だった。

覚悟を決めたような慎重な面持ちで、智充が那月に交際したい旨を告げた時も、まああと曖昧な態度で蔑ろにする那月に対して笑顔を崩さなかった。事が済むなりさっさと帰る身支度をして可愛げもなく立ち去ろうとする那月が、無事にエレベーターに乗り込むところまで扉から顔を出して見送ってくれた。那月が尖った口調で不機嫌をあらわにしても、常に捻くれて言葉の真意を探り続ける那月とは違い、素直にそのままの意味で傾聴してくれるところまで、律儀、がなぜか一番しっくりきたのだ。すごく、好きだったのだ。そういうところが。

律儀という指標が見つかると、那月は密かに智充の律儀ポイントを胸の中でためていった。智充からの全幅の信頼と好意を掻き集めて没頭されていることで胸が満ちたりていくと、配達物のようにおざなりに人に体を明け渡してきた自分の、真の落ち着き所が漸く照らされ、輝き出したように思えたのだった。消費されるだけの快楽にも、消費以上の価値を相手から付与されることにも、那月は疲れ果てていた。その頃の那月は二十八歳になったばかりで、夫は三十歳だった。手頃で、ちょうどよかった。

「夫とはどれくらい会っていたんですか」

那月はグーグルマップを拡大していた女に、ふと思い立って尋ねた。皇居の濠付近をタップしていたのか、何の名称もつかない水色と緑色とが画面に映し出されている。「そんなこと、なんで知りたいんですか？」女が訝しげに問い返す。

「妻の義務として、一応」

女は眉を顰めながら天井を仰ぎ、そうですね、と唸りながら「頻度？　期間？」と聞き返してくる。どちらも、と呟く。

「そうですね……。途中から、智充さんに会いたいと言われるだけでそれなりに満たされるようになっていたところがありました。私の会いたいタイミングでなければ、いくら向こうが会う時間を捻出してくれても、拒んでいましたし。だから、那月さんが思っているほどそんなに多くはないですよ。期間は、ちょうど一年いかないくらいかな」

「へぇ。そうですか」

終業後や昼休憩の僅かな時間で、いそいそと女に会いに行く哀れな夫の背中が那月の脳裏を過った。その実、女から蔑視と嘲笑をも含めた粗雑な扱いを受けているのに、愛情と履き違えて自惚れていたのだろう惨めな夫の姿が。ふと、雅士と夫の姿が重なって、気味の悪い切なさが那月の胸を掻き毟っていった。

女が口を開いた。

「だから、那月さんだって不倫してたんでしょ？」

え、と尋ね返す。

真顔のままの女が那月を見据えていた。私のことばかり責めているけどあなただってちゃっかり悪事を働いているんでしょう、とでも言いたげな。女の口元の歪みは微かに痙攣していた。那月は頰をひくつかせて固まる。もしかして夫は、那月の不倫に途中から気付いていたとでもいうのだろうか？　いや、違う。女は単純に鎌をかけて那月からあわよくば言質をとる魂胆で、面倒な事態から逃れるための巧妙な策をとろうとしているのではないか。何より、大して没頭のできない相手との不倫を詰られて過度な心理的負担を強いられるのは、どうにも割が合わない。それは、この女も同じだろう。

「そんなくだらないことをする気になりませんよ。私はそういうのが性に合わないですし、絶対にはまらないので」

細心の注意を払って那月は顔に微笑みをたたえると、それを崩さないように力を漲らせながら嘯いた。

「まあ、そうですよね」

女が早急に引き取り、穏やかに頷く。

沈黙が続いた。

「夫は」那月は口を開いた。「どうして逃げちゃったんでしょうね」

女が鼻で笑う。

「逃げたも何も、ただ酔っぱらっていただけでしょう？　貴重品もこちらが預かっているんですから安心じゃないですか。寝転んでいて盗まれる心配もないですし。もしかしたら警察にでも連れて行かれて、既にどこかの署にいるかもしれないですね。九段下や皇居よりもそっちを当たっていく方が効率的かもしれません」

一笑に付して楽観的な展開を推測する女に、那月は次第に嫌気がさしてきた。同時に、関係に付帯する責任が一切ないような彼女の清々しさが、なんだか懐かしくさえ感じられた。次第に我慢がならなくなった那月はかぶりを振って、いやいやいや、と怒気を露わにしながら女に詰め寄る。

「こんな暑い日にそりゃあ心配になるでしょう、普通は。普通はというか、妻からすれば。正直カレーなんか食べないで捕獲しなきゃいけないんですよ。頼れるスマホもないし、土地勘もないし、電話もかけられないし、財布も持ち合わせていないのだから電車にも乗れないし、熱中症になっているかもしれないし、ああもう、きっと、今頃――」

矢継ぎ早に捲し立てながら、彷徨っている夫の姿を思い浮かべるだけで那月は涙が出てきそうになるのだった。どこか人気のない駐車場や路地で干からびた蚯蚓(みみず)みたいに浅黒く朽ち果てた姿、燃え尽きたあしたのジョーのように縁石にでも座り込んでいる姿、そんな不憫なイメージが浮かんで居た堪れなかった。いつの間にか酔いも眠気も噴き出した汗に溶け出して蒸発したようで、那月が鬱憤を晴らすコンディションは最高潮に達していた。

「私は夫に絶対に惨めな思いなんてさせたくないんです。仮にね、私があなたたちみたいに浮気をしていたとしてもね、夫に惨めな思いをさせないようにそれはもう徹底して絶対に漏れないように墓場まで持っていきますよ。あなたたちのように未必の故意を認めるような、仮に人を傷つける結果に終わっても致し方ないだなんて、そんな杜撰な振る舞いが生じてしまうほど私は分厚い欲に蹂躙されて生きているわけじゃないんです。さっきから適当なことばかり言って、夫のことを蔑ろにするのはやめてもらえませんか？　あなたと違って夫が侮辱されることは、妻の私をも無下にして馬鹿にすることと一緒なんですから！」

テーブルに打ち付けた那月の両手の振動が、女のコーヒーグラスを揺らして滑らかにスライドさせる。

「えっ。そんな……」女は驚いたように傾きかけたグラスを手で押さえながら、「別に夫の惨めさを、那月さんが引き受ける必要はないんじゃないですか……」と宥めるように声のトーンを落とした。

他の客から好奇の目線を向けられていた那月は、荒くなった鼻息を抑えて、前のめりになった姿勢を戻していく。女にとっての夫とは、適度な範囲に欲を押しとどめる理性をも備えられない、愚鈍な生物でしかないのかもしれない。那月はそれが何よりも屈辱的だった。那月が雅士に対して抱いていたのと同質の感情を、まさか夫も等しく受けていたなんて。

涙ぐんでいることを気取られないようにして、袋の中からフレディCC1の箱を手に取ると、トイレ行きます、と勢いよく立ち上がった。

便座の蓋を閉めると、手を軽く洗って蹲踞の姿勢を取る。一人用にもかかわらず広々と

アの袋から箱を取り出して手渡してやった。夫のスマホには通知が続々と届いて画面をずっと光らせていた。メッセージは次々に待ち受け画面の上へと押し上げられ、一つのワイプに纏められていく。那月はパスコードを押して未読のメッセージに目を通した。

「どこいんの。場所はここ https://maps.app.goo.gl/……　屯してまーす」「おーい妻が探しに行っとるぞー」「多分これ奥さんが見ているから送っても意味ない」「そうか」「奥さーん、智充はドジだから先に家帰っていいと思いますー。俺たちも飲み終えたら探しますので！」「もしかしたら家の前にいたりして」「金ないのにどうやって帰んの？」「歩き」「それは流石に猛者　笑」

あ、と雷に打たれたように那月は閃いた。

途端に、家で待つというのが最善の策のように思えてならず、希望が全身に満ち溢れて那月の胸をすいた。脂でテラテラと濡れ光った顔で、玄関前に突っ立って待っている夫。遅いよー、と困ったように微笑む夫。

女がトイレから戻ってくるなり「すぐに帰らないと」と那月はテーブルに出していたハンカチやらスマホやらの荷物をかき集めた。

「……え。まさか見つかったんですか？」

女は動揺した目つきを那月に寄越した。

「前に泥酔した時も、新宿から高円寺まで歩いたことがあるって言っていたので、あり得るかも。鍵もないだろうから、それなら先に家で待っていたほうがいいかなって」

テーブルの端に置いてあった伝票のバインダーをひっくり返して金額を確認すると、財布から引き抜いた五千円札をクリップに留める。札が他になかったから、釣りの分は致し方ない。女は椅子にかけることもなく立ったまま、どこか青ざめた表情で那月の手元に見入っている。

「……家には帰ってないと思いますよ」

女は力無く告げると、手元の空になった箱を握り潰した。那月はムッとして「あなた、ほんとうは探す気なんてないんでしょう？」と返す。

「那月さんこそ、ちょっといなくなっただけで随分と大袈裟じゃないですか？　たかが数時間のことじゃないですか」

「あなたこそ、そうやって慌てている私の状況を見て悠々と楽しんでいるんでしょう？　悪趣味が過ぎますよね、ほんと。そもそも堂々と不倫をする人間なんて、人として信用する余地が一切持てないわけで、説得力の欠片もないんですよ？　こっちからすれば、あなたは出会った最初から一生関わりたくない側の存在なんで」

「そうじゃないです！」と女が慌てて、行く手を阻むようにソファ席へと迫ってくる。那月は眉を顰めて、「はあ、なに？」と返す。

「だから、那月さんが今から帰ったって何も解決しないんですから、ここに私といた方がいいんです。那月さんは今混乱して気がおかしくなっているだけで、私が提案しているのが最善の方法なんです。私と一緒に、智充さんを探しましょうよ？」

「いや、解決させるために帰ろうとしているんだけど。何、まさかあなたが夫を隠しているの？」

「違います……」と女は顔を伏せた。「だから、私ともっと話しましょうよ、那月さん……」

「これ以上、話してどうするんですか？　肝心の夫もいないのに」

那月は引き止めようと伸ばしかけた女の腕を振り払って睨みつけると、氷が溶けて薄まったコーヒーを一息に飲み干した。ヒールをかしましく鳴らして階段を一気に駆け上がり地上に出ると、大通り沿いへと急ぐ。即座にタクシーを呼び止め、乗り込む前に後ろ髪を引かれる思いで振り返ったが、女は追いかけてきていなかった。

那月はスカートの丈を、太腿が半分出る位置にまで捲って靴を脱ぐと、胡座をかくようにして体勢を崩した。今度こそ漏れ出ないように、と下腹部に力を込めながら。

自宅に戻って待てど暮らせど、夫は帰ってこなかった。

夕暮れの細い日差しが完全に消え失せて、夜になる。全く、と腕を組んで落ち着きのない足取りで部屋の中を歩き回りながら、夫と自分のスマホの電源ボタンを交互に押した。女といる時には気が紛れていた分、一人になると雪崩のように不安が鬱陶しく重くのしかかってきた。気分を変えるべく風呂に入って体を隅々まで洗い流していると、入れ替えた膣の錠剤が一回り輪郭を溶かした形状のまま、排水溝の縁で引っかかって止まっている。……膣圧が弱いのだろうか。那月はなんとなしに悲しく思いながら髪を乾かして着替えまで済ませると、気を紛らわすためにテレビをつけた。その雑音は全く心地よくなかった。非現実的な笑いと非現実的な空論が礫（つぶて）のように那月の体にあたっては滑り落ち、今の那月にとっては何もかもがリアルではない。

大聖堂のような教会からバーとファミマとローソンと歩いた道筋を辿り直すようにして地図アプリを眺めていると、胸内に吹き荒れる不安に潰されそうになって、那月は次にするべき行動について冷静に考えた。康たちと合流している気配はないし、これほど時間が経過すれば、彼を捜索する範囲が徐々に広がっていくだけだ。

ふと、女の提案が那月に囁くように脳に蘇った。警察に当たっていったほうが早いかもしれない、と言っていた。

夫は那月の携帯電話番号を当然覚えていない。身分証の一つもないままに泥酔した夫が一時的に警察に保護されているという可能性は、大いにある。

電話はすぐに繫がって、用件を早急に尋ねられた。

……あの、すみません、夫が逃げ、いや、行方不明になりまして。

——何時ごろからですか？　と柔らかい女性の声。

……五時間、いや六時間前ですかね。

——五時間から六時間前ですね。旦那さんですか？

……はい、そうです夫です。

——今お掛けになっているのは、配偶者の方ですか？

……はい、妻です。私が妻です。いなくなったのは、夫です。

——その方がいなくなる前には、どちらにいらっしゃったんですか？

もっと差し迫った声を出さないと優先的に取り扱ってもらえないのではないか、と那月は思い至る。声に悲痛さを込めるようにしながら、行方不明になったローソン付近の住所を告げた。

管轄外だから対応できないと断りを入れられ、別の署の電話番号を案内されると、改めて同じことを要請するために電話をかけ直す。

……あのすみません、夫が行方不明になりまして。もしかしたら何か事故や事件に巻き込まれた可能性も……いや誘拐の可能性だって……。

——捜索願いの届出ということでよろしいでしょうか？

頼もしい男の野太い声が耳元に返ってきて、那月の体に力が籠った。ユクエフメイにソウサクネガイと不穏な響きだけを取り残して事態が大きくなっていくことに、那月はどこかで怯みながらも、嗄れた声で叫ぶようにして一心に頼んだ。

……はい！　お願いします！　どうか夫を……夫を助けてください!!

程なくして警官がやってきて玄関の前で対応をして書類を書くと、あとはもうすることがなくなった。

煙草を吸うために窓に近寄り、閉めていたカーテンを両端へと乱雑に寄せた。妊娠の可能性を考慮して、結婚後、夫と足並みを合わせて禁煙し始めていたのが、雅士のマンションに行くようになってからだらしない習慣が復活してしまった。那月は掃き出し窓を開けると鉄柵に手をかけて、階下を見下ろしてみる。

ここは八階建てのマンションで、最上階ともなるとそれなりに高さがある。向かいにあるアパートとの仕切りになっているブロック塀との間に、雑然と物が置かれていた。もう少しだけ前傾の姿勢を強めると、下腹部が押しつぶされるように負荷がかかり、いま、最も痛みを感じている箇所が子宮なのか鳩尾なのか腹部なのか定かではない。バケツやタイヤやプランターなどの廃棄物が、剪定もままならない草藪の中に何の規則性もなく折り重なっているのが夜目にも分かった。肉を焼く匂いがどこからともなく流れてきたが、食欲は一向に刺激されないまま、スパスパと何本か立て続けに吸うと部屋に戻る。

よし、と決心した那月は刻一刻と鉛のように重さを増していた体を有効に使うべく、クローゼットの中からランニング以外では使用頻度の少ないモンベルのクールパーカを取り出して羽織り、鍵をポストに入れて再び外に出た。夫が帰宅して一報を送れるように座卓の目立つ場所にスマホを置いていくべきか迷ったが、康たちからの最新の連絡が来るのが夫のスマホだったから、これは持っていくことにする。

再び神保町に向かうべく最寄り駅まで歩きながら、日中よりも暑さの落ち着いた今ならしっかりと探し出せるだろうと奮起した那月は、心なしか気持ちが晴れやかになりつつあった。足の靴擦れに貼った絆創膏は軽量スニーカーの中でずれることもなく収まっている。無心で歩いていると電話がかかってきて、トートバッグの底に沈んでいた二つの機器を取り出すと、那月のスマホの方が鳴っていた。警察からかと期待して画面を見た那月の表情が、すぐに曇っていく。

横にスワイプして応答した。

「あれ、那月さん、電話出てる……？」

かけてきたくせにこちらが応じたことに驚いたのか、そんなことをほざく雅士の平和な声に、沈んでいたはずの苛立ちが一斉に浮かび上がってきた。

「……いま、平気なの？」ぶわっと吐息の風圧を感じるようなまとまった音が耳を覆い、那月は眉を顰めて頬からスマホを離す。

「別に平気ではないけど」

「そっか……」

「うん。何か用？　急ぎ？」

「嬉しいな、電話できるだなんて……」

「だから、平気じゃないって言ってるんだけど」

「あ。そうだよね。うん、ごめん……」と雅士は慌てて謝る。「……じゃあ、やっぱり切ったほうがいい？」

「何の用？」那月は尖った口調でせっついた。

「いや、別に用事はないんだけど……那月さんの声が聞きたくなって。今日、ちょっと気落ちしてて。まあ、いつものことなんだけど……」

那月は、はあ、と聞こえよがしに溜息を吐いた。深夜十一時近く。幼稚で、配慮に欠ける行動。

いきなり電話をしないでね。変な時間帯にメッセージを送ってこないでね。お願いだからずかずかと家庭に踏み込んだり乱すような真似をしないでね。そういった制約を厳しく設け、遵守することを雅士に徹底させていた。その約束を破ってまで声が聞きたいという欲を抑えられず、不毛な悩みを投げかけては取り合ってもらおうだなんて、この男はいったいどういう神経をしているのだろう？

恋は盲目と言わんばかりの妙な若々しさが、どれほどまでに泥のように小汚くみっともないものか、本来愛すべき人からだけ投げかけられたかった、夫にだけ与えてもらいたかった無邪気な感情を、強引にこの男から押し付けられることに、那月はスマホごと道に叩きつけてやりたい強い衝動に駆られた。

「夫がね、いなくなってしまったの」

雅士が次に何かを語り出す前に遮ろうと、冷然とした声で那月がそう発する。「えっ。そうなの……？」と恐る恐る彼が訊いた。

「っていうか、いなくなるってどういうことなの？」

「知らない。とにかく、逃げたの」

「どこへ？」

「行き先が分かっていたら、いなくなるって言わないでしょう」

「ああ、そうか。じゃあ今、何、旦那さんを探しているってことなの？」

「そうだよ。だから忙しいの」それなのに雅士が、と那月が言いかけた時、かぶせるようにして雅士が声を張った。

「えー。那月さん、大丈夫なの、それ？」

男のその一言に、今日起きたことの全てを踏み躙られたようで呪いたくなった。夫の不運を願い夫と再会できないことを願い夫があわよくば死んでいればいいと言われたような気がした。那月の被害妄想は止まらなかった。こちらが抱えているものに寄り添えるだけの犠牲を払えないくせに、複雑な関係に取り込まれたことを愉しみ、既に存在するパートナーとの間に楔(くさび)を打ち込める人間なのだと自惚れて呑気に悦に浸っているのだ。

那月は宙に開いた手を握りしめ、口を真一文字に結びながら大股で改札の手前を折れて人気のない路地へと入っていった。コンビニの裏側にある駐輪場に辿り着くと前髪を乱暴にかき上げて、「夫が帰ってきてくれなかったらどうしよう」と真顔のまま、声を無理矢理に震わせる。「ねえ、どうしよう、どうしようどうしようどうしよう」通行人が訝しげな顔でこちらを見て、足早に通り過ぎていく。

「いや、そんな、大丈夫だから落ち着いて。……那月さん」

「なんでみんな勝手に大丈夫だと決めつけるの？　もしかしたらってことがあるかもしれないのに、夫の安否を案ずることが極端で狂っているとでも言いたいわけ？　心配くらいするでしょう、普通は。落ち着いてだなんて、随分と高台から見下ろすような余裕を振り翳(かざ)されて、なんか、すっごく嫌な気持ちなんだけど」

「違うよ那月さん、そういうことが言いたいわけじゃない……」

「それなら余計なことを言わないでくれる？」

「……ごめんなさい」

「ていうか、前々から言いたかったんだけど」

那月は息を、深く吸い込んだ。

「私はね、あなたからの連絡なんて一度も待ち望んだことがないのよ。いつも自己陶酔してばっかりのあなたの話で、笑ったことも幸せになったことも満たされたことも学びを得たことも感慨に浸ったことも一度もないの。そんなことにも気付けないで悦に浸っている人間に、ねえ、私は今一体、何を心配されているわけ？」

上擦った粗暴な声で切れ目なく罵り続けると、少しずつカーテンを開いて光が差しこんでくるような清々しさが那月の胸に満ち溢れた。与太を浴びせられた男が何を考えても、那月を恨んでも、傷ついてもよかった。どうでもよかった。

「あなたがいなくなって、夫が戻ってきてくれればいいのに」

少しの間を置いて「……そうだよね」とぐっと低くなった男の声が戻ってきた。きゅうと喉を締め付けるような音が立体的にマイクに拾われて、那月の鼓膜で生々しく響く。ソファに身を沈めたのか、生地の擦れるような音が立った。

「旦那さん。どこにいるんだろうね。そりゃあ心配になるよね。那月さんは何も間違ったことを言っていないよ」

雅士は気を取り直したように明るい声を電話の向こう側で作る。

「こんな時に、急にかけてごめんね。那月さんが精神的に参っていることも知らずに、一方的にどうでもいい僕の話なんか聞いてもらおうとしちゃって、烏滸がましかったね。旦那さんが無事であることを願っているよ。本当に願っている。那月さんの幸せはだって、旦那さんがいてこそのものだから」

「…………」

「夜道、歩くの気をつけて」

「……あのさ」

じゃあ、と一方的に途切れた電話を握りしめた。

ふうと那月は空を仰ぎ見る。

なんてことない感じがしたけれど、なんてことなくなかった。唾棄すべきは那月自身だった。掻き乱された情緒は体のどこを発端としてどのように巡り、今どこを痛く思っているのだろう。猛烈に降って湧いてきたような涙が溢れて止まらず半ば咽(むせ)び泣きながら、垂れてきた鼻水を唇を捲って啜った。夫の方のスマホがさっきからずっと震えている。電信柱に凭れると、那月の顔にブルーライトが生白く当たった。

「そろそろお開きでーす」「一向に連絡ないけどもしかしてまだ見つかっていないのかな？」「まあ、だいぶ酔ってたしねー」「ちょっと探してきますわ俺ら」康からもきている。「那月、ごめん。結構遠くまで行って探したんだけどいなかったです。とりあえず帰ります」その一言で、騒がしかったグループラインは締められている。警察にすでに連絡はしましたなんて送ったら、今日の康の結婚式をも全て台無しにしてしまいそうで、こんな時にまで康の心情を慮らなければいけないことを思うと、大切に思っていたはずの康のことまで心底、嫌になる。

神保町からは活気が取り払われ、目的地だったはずの公園にたどり着くと、敷地の奥の方に坂の上へと続く石造りの階段があるのが見えた。那月は夫とも一緒に飲み交わすはずであったその場所をめざして、登っていった。大方は片付けられていたがところどころに余興の欠片は残っていた。点在している大きな岩の縁が不自然に濡れていて、吸い殻はないけれど火を踏み潰して削れた土の跡が随所にあった。先ほどまでの賑やかさがまだ消え失せていない感じがする。

どこからともなく野良猫が何匹か集って、こちらを警戒するように一定の距離を置きながら互いに戯れている。疲れた足を労わるように屈みこむと、踵が地面につかない状態で不安定な姿勢になる。以前、那月のその様子を見遣った夫が笑いながら「もしかして那月の時代は和式便所なかったの？」と揶揄い、那月にまたその体勢になるよう唆した。「あったけど、無理無理無理っ」幾ら頑張ってもそのまま後ろへとひっくり返る那月の背を、夫は押し返すようにして支えてくれた。

前後にゆりかごのように体を揺らして、ここにたどり着けなかったかあー、と膝に熱い息を吹きかけた。頭上の葉叢から放出されているのか、夜露が那月の全身をしっとりと濡らしていく。公園は静かだった。神保町の街が見渡せるかもと思ったけれど、公園の敷地を囲うように植えられた高い木に遮られて何も見えず、その木々の合間からは時折通り過ぎるトラックの音とバイクの唸る音が駆け抜けて聞こえるだけで、その後は切り落とされたような静寂が再びやってきた。

猫が股の匂いをしきりに嗅ぐように那月の足元に擦り寄ってきて鳴く。そのくすぐったさに身を捩り立ち上がりかけた時、猫は欲情するように嬌声を上げ、股の合間に潜って通り抜けていった。

……大丈夫。

夫はきっと何事もなかったように帰ってくる。

那月は一日の体の疲労感に引きずられるようにして、最終の電車に揺られていた。

目を瞑ると、頭の裏側に全身がもっていかれそうな眠さが抱きついてくる。

目尻に涙を滲ませている那月の肩に手を添えて、康が割って入ってきた。

「それより智充はさー。あの日、どこに逃げてたんだよ?」

いつの間にか、四文屋にいる。

「いやあ、気づいたらよく知らないとこに出ててさあ……」と夫が気まずそうに首を傾げた。「でも警察行って事情を説明したら、仕方ないからって切符代だけ手渡しで貰えたんだよ。意外とあいつら優しいんだなー。それで神保町から電車に乗ったんだけど、そっからの記憶が全くないというか。そのまま寝ちゃって気づいたら橋本にまで出てて……。で、そこからまた新宿に戻ってってって繰り返して……」

「那月だってなあ、すっごくすっごく心配してたんだぞ。俺らも随分と探し回って」

「ほんとだよー。状況が状況だし。てっきり女と逃げたのかと思ったじゃんね!」

那月が意地悪く言い放って、口を窄める。

「ああ、あいつだろ大学の頃の？　お前、センス悪いよなあ……。フッー、そこいくかよって」

指で涙を拭いながらいじけたように頬を膨らませた那月を、夫は申し訳なさそうに表情を緩ませて見つめている。今度は絶対にどこにも行かないでよー、と那月が冗談めいて釘を刺すように言い放つと、夫はハイボールのジョッキに手をかけたのをぴたりと止めて、うん、そうだな、これくらいに控えておくよ、と微笑んだ。

横にいたサラリーマンに腕で体を小突かれて、那月は身震いしながら頭をはね上げると、いつの間にか新宿駅に到着していた。乗り換えのためにエスカレーターを上ってダンジョンのような地下通路をぐんぐんと進む。大丈夫。これから二人がどうするべきで、これから二人がお互いにどうしてあげるべきかを話すきっかけになる日で、そうなる日なのだから、夫が帰ってこないわけがないのだ。

しかし那月は来る日も来る日も、ポストに入った鍵を取って玄関扉を開け、人気のない三和土の電気をつけることになった。上(あが)り框(かまち)に腰掛けて靴を脱ぐ。陰部の痒みもとうに収まって靴擦れの豆も消え、那月の皮膚はどこも艶やかで滑らかだった。一人のペースで炊事をこなし一人だと一向にたまることのない皿を食洗機に一枚ずつ入れていき、数日かけてそれがたまると電源ボタンを押した。

台風が過ぎ去った後は晴れが続き、ベランダに出て一人分の下着や寝巻きやワンピースや那月の掛け布団を干した。ふと眼下を覗く。管理人に連絡を入れたことで不法投棄の品々は撤去され、本来の広々とした緑の肌が見えている。よし、と頷いて寝室に戻りベッドに腰掛けながら、天日に晒されることのない夫の枕の、皮脂が深くまで染み込んで蒙古斑のように形作る汗染みに、指を這わせる。夫のいない時間がどれほどまで退屈なのかを思い知るようにその匂いを嗅ぐと、やはり何とも言い難い安堵が胸に満ちる。

時折引き裂かれるような胸の痛みが通りかかって、喉につかえた何かを押し込むようにして唾を飲み込む夜は、寝苦しかった。いつもは鬱陶しいほどに発熱していた夫の背中が、すぐそばで寝返るのを待ち侘びた。

帰ってきましたか、と那月のスマホに時折メッセージが届いたけれど、登録していない電話番号だった。首を傾げながらも、でも、そのどちらとも二度と会うことはないのだろうな、と那月は思う。

はこのなか

　伸びてしな垂れてきた豆苗をピンセットでぶちぶちと引き抜いていたら、タクボから電話がかかってきた。そういえばＸＹレジデンスに空きがでたよ、と。

　何号室？　とどうでもいいことを訊いた。

「そこまではわからなかったけど」

「何で知ったの？」

「ネット。あ、ちょっとまって」綿を擦り付けるようなぼふぼふとした音に続いて耳に届いたのは、階段を駆け下りる足音と、扉を開ける重く軋んだ金属音と。「まだ全室、車はある」わざわざ外に出て確認したらしいタクボが、「うちも内覧に行った時はまだ前の家族が居住中だったしね。もしかして気が早かった？」と付言する。戸川は首を振った。うん、全然。だって、ずっと考えていたし。

その後は近況を巡る他愛もない話をしたが、その内容はするすると頭から抜け落ちて残らなかった。電話を切ると戸川は、タクボの部屋で過ごしている自分の姿に早くも思いを馳せた。正確にはタクボの部屋と同じ間取りの、物理的にタクボに最も近い部屋だった。分譲型小規模マンションでメゾネットタイプになっているタクボの家宅は、L字形に八戸連なった築四十年のリノベーション済み2LDKで、一階の玄関脇にはガレージが、二階にはルーフバルコニーが広々とついている。一人暮らしをするには似合わない。

街並みの水平線がぐんと低く落ち、煌々としたものがいっさい見当たらないバルコニーは、人煙や喧騒の慌ただしさが抜き取られていた。人の息の感じられない暗闇に顔を向けながら、戸川はアウトドアチェアに深く体を沈めて嘆声を漏らした。いいなあ。どこか空きでもでたら教えてよ。

いいよここ、とタクボは目尻を撓ませた。まあ二人だとちょうどいいというか、手ごろではあるよね。そう機嫌よく返していたものの、訪問のたびに戸川が羨ましそうに何度も発するのがくどかったのか、「まあ居心地がいいから、みんななかなか売る気が起きないかもね」と云われたり、「さすがに独身でこの家は寂しすぎない?」と念を押されたりもした。バルコニーに敷き詰められた人工芝生に擦り付けられた裸足は、無防備だった。だろうね、と戸川は頷いた。

タクボたちはDIYにはまっていて、リビングの壁一面に這わせるようにしたディアウォール仕様のラックや簀子のウォールシェルフ、ブリッジ型のキャットステップなど空間は木肌に隙間なく侵食されている。高校生の頃のタクボはむら気があって、何か一つに集中して精を出すことがなかった。人工芝やウッドデッキなどを敷き並べる発想に至ったのも、タクボの夫の影響に他ならない。バルコニーの隅を戸川が指さして、これなに、と尋ねると、「フード付きのオーブングリル」とタクボは機能性などを嬉しそうに語りだし、「戸川もやんなって。絶対はまる」そう勧めてきて、戸川は首を振る。だから、はまらせてくれなかったんだって。

戸川が住んでいるのは、前に付き合っていた恋人から勧められたバルコニー付き1LDKで、勢いに押されて入居を決めた。「バーベキューもできるしハンモックも置けるじゃん」と彼が嬉々として云ったのも相まって。肝心のバーベキューセットは一度使われただけで、雨ぶくみの風に晒され四脚が錆びついたまま亡骸のように放置されていて、ハンモックの上は今やハンガー置き場と化している。何より隣人のパリピ夫婦が休日になるたびに、夜にスピーカーから流す雑多な洋楽と、バルコニーの仕切りを越えて洗濯物に臭いを強く付ける太い煙は、戸川の気を日に日に滅入らせた。タオルに鼻をうずめて苛立った口調で管理会社にクレームを入れたにもかかわらず、パリピ夫婦は相も変わらず夜な夜なかしましく宴会に興じ、更に煙の質も変わってきて慄いた。芳醇だが獣っぽい、どこかで嗅いだことのある臭い。鼻腔を広げると腐っているように感じられたが……違う。燻製？

「どちらにしても戸川の家は割が悪いよ」こともなげにタクボがそう言い放つ。それを受けて、目減りしていく一方の貯蓄残高に目をやればたしかに不安は募ること、次の更新前には引っ越すことを検討していることを戸川がぶつぶつ云うと、自身もそうだったと言いたげにタクボも深く頷いた。「私たちも家賃が浮くっていうお得感が決め手になったんだよね。どうせ生きていたらどこかに住まないといけないんだし」その言葉に気持ちを焚きつけられ、「タクボのマンションに住んだ場合」と仮のローンの毎月の返済額をシュミレーションしてみたところ、固定資産税も加味して叩き出した金額は、今住んでいる戸川の家賃と同額だった。

「ああ、でも所得税が戻ってくるよ」タクボは少し得意げに云う。「そうなの？」「だってローン控除が利くし、年末調整で還ってくるから相殺された気持ちになる」購入以前、相当に計算した部分であったのか、しきりと「戻ってくる」を連発するタクボは咳払いして、表情をあらためて続けた。「でもさ、元々はそのために戸川は働いていたわけじゃないでしょ、老人ホーム代貯めなくちゃとか言ってたじゃん。軽い冗談のつもりなのかもだけどさ、やめなやめな、迂闊に手を出さないほうがいいよ、購入は」

手強いな、とタクボの顔を見据え、最後の切り札みたいに戸川も告げる。

「わたしが孤独死しても、タクボが隣だったらすぐに気付いてくれるでしょ」

これで、わかるだろうか。

なにそれ、とタクボは失笑する。

「別に離れていても助けるよ、私は」やはりどこかあしらわれるような含みがあって、少しだけ胸が詰まる。

夜だというのにタクボの夫がビニールプールに仰向けに浸りながら、「ああ……」と愉悦した声を漏らした。体勢を変えるたびに水がびしゃびしゃと容赦なく溢れる。「素麺食べるひとー？」バルコニーに立ってタクボが訊く。戸川がすぐに挙手すると、タクボ夫も続いた。満足そうにタクボは頷くと窓を開けて、鍋と揖保乃糸を取りに室内に戻った。バーベキューコンロの網の上で素麺、というのは発想になかったが、タクボたちは土日になると、川にも山にも海にも、それこそ自然っぽささえあればどこにでも足を向ける。アウトドア派の夫に影響されて、美白に固執していたタクボはいつの間にか焼けた肌を晒すようになった。

「煙草、吸わなくて平気?」タクボが立ち去ったのを見遣り、タクボ夫が指で挟むジェスチャーをしながら尋ねてくれる。慮ってくれているのだろうが、どこかよそよそしさを隠しきれない彼の不器用さが、時折、戸川の癪に障った。まあ、よそよそしくさせているのは、こちら側なのだろうが。あ、すみません、と箱を取り出してそそくさと隅の方に寄りながら、二人は去年から足並みを揃えて禁煙し始めたことを思う。オーブングリルの傍で住宅街の方へと細く煙を吹き上げていると、疎外感と安堵が妙に交錯する。無風の空中に漂う白煙は、ゆるやかに霧散した。

猫のタラコがぐるぐる喉を鳴らして足元に擦り寄ってきた。こうして来てくれるのは一瞬で、そのうちそっぽを向く。だから見るだけ見させてもらって、放っておく。タラコが勝手に窓から外に出ていってしまったとき、戸川にまで慌てて電話がかかってくるほどにタクボを相当動揺させた。タラコは数日後、出ていったのとは反対側の窓から、サラリと戻ってきた。この辺りの地理だけでなく、建物の構造までも把握している。その賢さに、タクボと一緒に感心した。

「もう実家に戻る選択肢はないの?」鍋を持って戻ってきたタクボに訊かれ、戸川は苦く笑う。実家なんてものはとっくにないのだ。戸川の母親は地方に住んでいる。内職や工場勤務をこなしてあくせく働いていたが、資格を取ってからは不動産の外資系企業に勤め、現役を退くのを機に、かつて戸川と住んでいた家から県外に越した、それが一昨年のこと。「じゃあ駆け込み寺みたいなものか」タクボが薬味を入れた小皿のラップを取り外す。ぼちゃんと水飛沫の上がった音が立つ。

タクボの夫がそろそろとプールからでて水着の裾を絞っている。ずっと海パン姿で過ごす姿も見慣れてきた。「いざとなったら母親は東京に呼ぼうと思う。どうせ部屋は余るんだし」戸川は取り外されたラップをタクボから受け取って丸めてそう云う。購入する前提で話していることをタクボは既に気にしないと決めたらしく、「まあ、嫌になれば売ればいい話だしね」と夫と目配せをした。母は腰掛程度のつもりではなく、県外の今の家を終の棲家として選んだのだと、心のどこかでわかってはいたのだが。

鍋の中は直ぐに沸騰して、刻んだ茗荷、生姜チューブ、小口ネギをつゆにいれて、黙って三人で素麺を啜った。

「爽子(さわこ)ちゃんも、足だけでもつけてみたら?」タクボ夫がプールを指さした。

「いやでしょ、あんたの脂が浮いて、鶏ガラスープみたいになっている」眉根を寄せてタクボが意地悪を云う。

こういうとき、タクボ夫は悲しそうにも嬉しそうにも見える笑い方をする。戸川は、昔の自分を見ているようだと思う。たまに癖のように二本指を持ち上げる所作を見て、やっぱり吸うことを我慢しているのだと感じる瞬間にも、そう思う。

タクボ夫はどこか鷹揚で、例えば自然を愛している、と言い切ってもまるで鼻につかない。土とか木々と妖精よろしく会話のできそうな神聖さもある。しかしタクボ夫に関する情報は、そういう漠然とした、広範囲に対する愛というか優しさみたいなものが溢れているのがわかるだけで、実際には多くない。

顎の尖ったその横顔を見て、いいなあ、と思う。

タクボと結婚できて。

昼休憩に入るとすぐに戸川はスマホを持って職場の外に出た。番号を押して呼び出し音が鳴り始めると、独り身だと不動産屋から足元を見られることもあるのだろうか、と急に心許なさに駆られた。モトキタ不動産は、あのあたりの住宅地を取りまとめた地場業者だった。戸川は、タクボが住むマンション名を書いた手元の紙を眺めて、復唱する。

「XYレジデンスで間違いないですよね?」

対応したのは若い男の声だった。カタカタとキーボードを叩く音、印刷機が紙を吐き出して唸る音がひそひそと掛け合う声と交じって聞こえてきて、なかなか次に事が進まずに焦らされる。「折り返します」と電話は途切れ、またすぐにかかってきた。

「その物件の売却は終わっちゃってますね」

抑揚を落とした柔らかい返答に瞬間、え、とかたまる。

「ないってことですか」

「ないんですよねえ」男は悲しそうに息を漏らしながら、云う。タクボが教えてくれたのは昨晩なのだが。

「空きの情報ってどこでお知りになりました?」と、男が探るように訊いた。「友人です」

「その友人様は何でお知りになったんでしょう? チラシが投函されていたとか?」

「ネットですけど」

なるほど。男はそう云ったきり何かを考えるように、少し黙った。

「ちなみに売りに出されていたのっていつごろだったんでしょうか」

「あー。七号室は去年の夏に空きが出ていたみたいですね」

「じゃあ一年前ですか？」

「はい」

「そんなに？」

「え？」

「……」

「……あの、もしもし？」

……なんでよ。

電話を切った戸川は、ずかずかとデスクに戻った。

会社のメールを確認する。未開封のメールがデスクトップにずらりと並ぶ。タクボと話した流れで、不動産サイトになんとなく幾つか登録してしまったのは、たしかに気が早かった。会社のメールアドレスにしたせいで物件情報が連日しつこく届き、文面の殆どに色がついているせいでどこが要の情報なのかの強弱が曖昧になっている。担当者の顔写真まで添えてあるが、このご時世にこういう個人情報を発して大丈夫なのだろうかと、大して気を揉まずに考えた。

物欲に近い所有欲を、戸川は昔から持て余していた。かつて、タクボに向けて欲していた形と今求めているその形は、とても似ているような気がした。タクボの隣に住めたらどれだけ、と淡い期待が鬱陶しいほどに身体の奥底から湧いてきたのは、再燃だった。写真の鼻の下にカーソルを合わせながら、いまのところ、生き甲斐はこれくらいになってしまっているのかも。戸川は、ふと恐ろしく思う。

数日後、会社を出たところでモトキタ不動産から電話があった。XYレジデンスに何か進捗でもあったかと期待して素早く耳にあてがったが、

「あの、練馬区の築浅物件なんですけど」と流暢に切り出されて項垂れる。「今ね、新築となると中古の半分くらいしか売りに出されていないんですよ、知ってました……？」密談でも交わすような言い様。

「はあ、少ないんですね」

「そうなんですよ、それでね、今日も午前中に三件内覧がはいっていたんですけど、どこも感触が良くて激戦で」

「それ、売る家が減ったから買う人が増えたように感じるだけではなくて？」苦笑を混ぜて返すと、それもありますねー、と受け流しながらも彼は軌道をしっかり修正する。

「因みに戸川さんが求めている家の条件って何かあったりしますか？　例えば地区とか平米数とか新築がいいとか中古でもいいとか……」

苛立ちを超えて尊敬の念すら抱いた。これこそ戸川には足りないものだった。相手の領域に踏み込もうとしても、相手の表情が曇れば一歩引いてしまう。戸川さんさ、もう少し前のめりで図々しくいってくれないと。相手に合わせている場合じゃないからさ、わかる？　社会に出て幾度となく自身へ放たれた言葉が頭の中を過り、うん、わかる、と頭の中で頷いた。それが戸川をもっぱら振り回してきた要因で、強引に押すこともはっきり拒むこともできないのは、これまでの恋愛においてもそうだった。曖昧にずるずると相手が入り込んできて、勝手に出ていく。追いかけることも突き放すこともできない、ということと同義。だから、わかっていた。

帰路の電車に揺られながら、町の暗闇と同化していく自身の顔を窓の中で見つめた。むくんだ足を組み替えているうちに電車は地下に潜り、表情がよりはっきりと浮かぶ。たまにふと窪んだ表情が炙り出され、ぎょっとした。口角を不自然でない程度に上げ直すが、すぐに戻ってしまう。

電車がまた地上に出て、連なる家の一軒一軒の屋根が、目の端で残像の形を崩しながら過っていく。世の中にはほんとうに驚くほどたくさんの家が建っている。初めて東京タワーに上った際も、その高さよりも凝縮されたあの集合体の一つ一つに人や家族が詰まっている、という圧倒的な量に戸川は打ちのめされた。蟻の巣を断面で見たときの衝撃と似ている。生きることの細やかさを見つけてしまうと、少しぞっとする感じ。

*

戸川が小学校を卒業するまで、両親と戸川は転々と住居を替えた。父は近所の商材屋から借りてきた軽トラックに黙々と家財を運び入れると、「業者代も馬鹿になんないから」と腰に拳をあてて叩き、一大決心みたいに顔をこわばらせた。よし、静かにいくぞ。

そう云ったのに、トラックはぶおんと唸るように発車して道の埃や土煙を撒き散らした。両親の間に体を小さくして乗っていた戸川はそっと後ろを振り向き、今度こそばれたのではないかとひやひやしながらも、街灯の少ない公道に張り出していた家が、どんどん小さくなって闇の中に溶けて消えるまで眺めていた。誰も追ってこなかった。トラックが砂利道のぼこぼことした個所を拾ってよく揺れるせいで、戸川はくらくらと酔った。

引っ越し先は遠い場所のときもあれば、近い場所のときもあった。学区もコロコロと変わった。持っていく荷物は生活に必要な最低限にとどめられたが、テレビと小さな冷蔵庫と洗濯機と電子レンジとCDプレーヤーだけは変わらずくっついてきて、それらは次第に狭くなっていく部屋のだいたい同じ位置に置かれた。

戸川が小学生だった頃の父親は働く気概を既に喪失していたのか、働くという営みの意味を理解して機能させることができず、ふらりと家を出たり戻ってきたりを繰り返し、その気紛れが戸川たちの生活と家宅を委縮させていった。だから、貧しさにさしたる理由はなかった。駅前のロータリーでいつの間にか調達したアコースティックギターをコードも分からないままに弾き鳴らしたり、また、張り切った意欲を彷彿とさせる、赤色を帯びた鉢巻を額にまき、土の塊をこねくり回し造形した湯呑みは直ぐに乾かず、室内の埃と湿気を吸って表面に血管のような罅割れを細かく起こした。ある日は、釣り堀から生臭さを持ち帰ってきた。食用にできると抜かす父の手元には、ザリガニの入ったポリバケツがあり、それらはベランダから母に放り投げられ地面で叩き割られ、そのまま父の姿と重なった。

母の発する、なまくらの四文字の響きは可愛げがあったが、しかし父が齎した不足を補うのはやはり母だった。毎日、空が白みはじめたころになって工場勤務から帰ってきた母が、しばらく屈んで寝ている自分を見ている気配が、覚醒と眠気の合間の朧げな意識の中でもわかった。指で母に薄く開いた瞼を閉ざされ、起きてるよ、と戸川はつぶやいた。

母は無言で覗き、それから、

「別れたら、お父さん、かわいそうだと思う?」

と云った。目を開けた。

明け方の日差しに晒された母の荒れた肌は、かわいそうに見えたが。

戸川の頭の中で天秤が揺れて、水平に戻る。「どっちも、そうかも」

「かも?」母は語尾の曖昧さを強調して笑った。

「家賃を下げるために、引っ越しをしてる」母は突然、白状するように云った。

「だから、今が一番安い家」

「そう。でも、可笑しなことに、それでも払えなくなって滞納して追い出されるのよ」

「どうしようもないね」

「どうしようもないもないわよ」母は破顔した。「だって、夜逃げだもの」そう顎を引いて嘆いたが、母の朗らかな口調が、深刻であるはずの事態を蹴散らしていた。

「この先、どうなるかな」

　さあ、と戸川はつっけんどんに返す。

「数千円単位を値切るように落としていったら、最後に行きつくのは地面の上で、壁と天井にすら囲って守ってもらえないの。箱にすら入れない、そういうのを爽子、なんていうか知ってる？」

　首を振った。

「地獄」

　母は何が可笑しいのか、鈴でも転がすようにからころ笑った。いまならわかる。戸川もなにかにとことん追い詰められると、まずもって笑ってしまう。

　しかしその言葉はながらく戸川の中に残った。眠れない夜、暗闇の中で天井を見つめながら、お盆に訪れた際に見上げた寺院の天井を重ねて思い起こした。そこには八つ裂きにされたり、火で炙られたり、身体を突き刺されて苦しみに顔を歪める人間の様相が、鮮やかで不吉な色彩でもって描かれていた。地獄絵図。前世で悪行を重ねるとどのように苦しむのか、やけに優しい口調で僧侶が云った。そんな地獄に導く種を、父は律儀にせっせと荒れた地に播いているのだろうか。闇の中で、あの剝きだされた鬼の目玉が白くなまめかしく光った。徐々に輪郭をもって浮かび上がる地獄絵図に身を竦め、目を閉じ、震えた。

父はある日を境にぱたりと帰ってこなくなった。待てど暮らせど、一向に現れない。天に召されたとも思えない。

また引っ越す？　と戸川は訊いた。

母は少しだけ艶を取り戻した首を振って、

「別れるよ」

と云った。

ほっとしたような母の様子から、次の住まいに永住する意志と繋がるのだろうかと考えた。当時は仕切り板を用いても個人の空間を確保できない居室の狭さや、服を着替え直すように住まいが変遷することこそ、戸川の自然だった。しかし馴染めないまま間断なく引っ越しを繰り返すことによって、断絶される関係性は幾つもあった。それは戸川をどの場所にも結び付けず、思い入れをもたせなかった。振り出しに戻ることを念頭に置いていると、友人を作るという感覚や体験からなんとなく置いてきぼりにされてきた。

「うれしい？」

と母は尋ねて頬を緩めた。

「うん、うれしい」

と云った。

*

授業中、まぶしさを目の端に感じて、顔を上げた。

訝しげに前を少し覗き込むと、前の席にいるタクボが机に置いた、コンパクトサイズの鏡が、ちらちらと銀色の光を弾いて瞬いていた。

子細に観察していると、タクボは前髪をいじったり、睫毛を指の腹で持ち上げたりしている。鏡が窓から差し込む光を集めて後ろに跳ね返り、それは戸川の顔や手元にまだらに散らばったり、白い筋となって射るように当たった。光の飛沫を浴びているようだった。

ある日、戸川は思いたって、鏡の中に視線を注ぎ返した。はたとタクボと目が合った。以前から、ほんとうはこうして彼女とのひそかな接触がとりおこなわれていたのではないかと、さだかではない懐かしさが頭の中を去来して、鈍く鋭く胸を締め付けた。転入してきた戸川が、彼女と共にした時間は、少ない。タクボは驚いたように唇をかたく結び、暫く見つめ合うと、薄い桃色の口角をひゅいと上げた。銀色の世界で、ひらひらと小さくその指先を振る。どきりとして、頬が一気に熱くなるのがわかった。

……かわいいね。

タクボが目を見開いたのと、戸川が心の中で発したその言葉が実際に唇を象らせていたことに気が付いたのは、同時だった。鏡の中でこっそりと、タクボの唇がゆっくりと、動く。

——サ・ワ・コ。

戸川は鉛筆を持ったまま針のように姿勢を正した。全身から汗が噴き出して高揚した気持ちが湧き上がり、指が震えた。光は白く銀色にまた、瞬いた。光の飛沫が爪先に、降りる。

タクボの顔が上がって、視線がおもむろに黒板へと戻っていく。だからまた顎先だけが、四角い世界に切り取られて残る。

ハロハロを買いに行きたい、とタクボが云った。街道にびっしりと生えた常緑樹から、蟬の絶叫がミーシャーシャーシャーシャーと執拗に落ちてきて、距離をおいても音はひきのばされたように鼓膜を伝い、体の奥にぬるりとねじ込まれてくる。いつまでもしつこく粘り付いてくるその感覚を払うように、汗に濡れて額に張り付いた前髪を指先で束ね直していたタクボが、「地獄って多分、こういう田舎を指しているんだと思う」と云った。

肩越しに振り返ったタクボにつられて後ろを見遣った。傾斜が多く、白く発光した坂の少し先にある学校のグラウンドが見下ろせて、一望できる。どちらかというと天国のような白面の上を、黒い点が動き回っている。威勢のいいかけ声とバットを打ち付ける断続的な音がここまで吹き抜けて聞こえ、遠いのにその場所はどこか近くに感じられるから、景色に永遠と追いかけられているようだった。なんで地獄って思うの、と戸川は質した。

「だって逃げ場も刺激もないし、閉塞感たっぷりだし」

とかく、タクボは長らく住み続けたこの場所に対して常に悲観的だった。タクボの目に映るのはただ、退廃的で一種の敗北に充ちた、つまらない街のようだった。戸川は靴紐を結び直してタクボに追いつくと、「地獄って、なににも囲われていない場所のことらしいよ」と少しだけ誇らしげに云うが、ふうん、とタクボは云ったきり、押し黙った。

この辺りには道で寝ている人は見当たらず、この町に住む全員がおしなべて箱の中に閉じ込められていて、たとえ押し込められる形であっても、四方の壁と天井に囲われて守られているのは、母曰く、素晴らしいことに違いなかった。タクボは続いている沈黙を破るように、また、ふうん、と興味なげにつぶやくと、明らかな私有地を「近道だから」と臆面なくするすると抜けていった。黴臭いブロック塀との合間を蜘蛛のように這いながら出ると、鉄柵でぐるりと囲まれた高い塀に突き当たった。広々とした敷地の中に豪奢な建物が構えられ、「キケン！　電流八五〇ボルト！　触れても一切責任持ちません！」との警告書きも含め物々しい気配を漂わせている。大きな平板をそのまま載せたような屋根が、強まった陽射しを均一に跳ね返していた。

「そういえばさ、このヤクザハウスの娘、私たちと同い年だよ」

とタクボが云った。

「そうだっけ」

「コンビニに行くだけで大仰にボディーガードをつれてくるから、却って目立つんだよね。生きざまが違うんだろうな、シゲキテキ」タクボは羨ましそうに溜息を吐き出すと、スポドリをあおるように一気に飲みほした。「かっちょいいね」「かっちょいいかね」たしかに、刺激的ではあるが。

門扉の横に備え付けられた、光沢のあるシャッターのど真ん中にある丸く窪んだ跡を見遣りながら、どんぱちするのかなあ、とうっかり声を張り上げた。タクボが唇に指をあてて、戸川の腕を引き寄せる。監視カメラで随時、塀回りの様子が見張られていると耳元でささやかれても、戸川は恐怖を抱かなかった。四隅に取り付けられたスピーカーから罵声を轟かせ、ときにはサイレンを鳴らして赤いライトを点滅させた経験のあるタクボは、だから冷やかし程度の心持ちでいるとこっちの肝が冷えるだけ、と切れ間なく喋って注意した。

足早に歩きながら、

「その娘と話したことある?」

側溝を、濁った水が泡を立ててちろちろと流れていった。ヤクザも洗い物はするし洗濯もするのだと、当たり前の生活を思う。

「ぜったいに話しかけるなって背中で語るタイプ」

タクボと戸川は同じ高校に上がり、日が暮れるとスーパー銭湯の前の道を隔てたはすかいにある、鄙びた喫茶店に向かった。中にはビリヤード台やスロット台が置かれていて、制服さえ着ていなければ喫煙も咎められない不健康な場所で、頻繁(ひんぱん)に屯した。

ボタンを弾いてスロットの桃を揃えたタクボにあわせて、けだるげに椅子に背を凭(もた)せかけると、「手応えが全然ない」と嘲笑したタクボは、メダルと引き換えのホットコーヒーを啜った。店の老婆が震える手でもってくるたび、かしゃかしゃと食器の擦れる音が立ち、テーブルに置かれた途端に、縁から液体が零れる。タクボは受け皿に溜まったコーヒーをスープを飲み干すように啜りながら、ぬるくなっていてちょうどいい、と云った。

「で、なんだっけ？」

次々に瑣末な話が湧き、話はあらゆる方向に脱線し、紡いだ言葉はするするとあっけなくほどけて、時間を縫い限りなく広がった。意味がない話に意味を付けることは、楽しさを増幅させる二人なりの工夫だった。水位の下がったコーヒーに二人の唾を落とし、矢の如しに時間は流れていって、外はいつの間にか薄闇に包まれている。

夜遅くに帰るたびに、「彼氏みたいね」と母はタクボのことをそう評した。誰といたの、と問われるたび、タクボ、と返すことも、そのうち恥ずかしくなった。かといってタクボ以外、と云う機会もなかった。それに彼氏というよりも、タクボは彼女っぽいということも含めて、そのことをうまく説明できる気もしなかった。タクボは女で、タクボを見ている戸川も女だ。それがなんなのだという話だけれど。

タクボが異性とよくつるむようになって、なかなかトモダチの予約が取れなくなってくると、会おうよ、と携帯で連絡を入れても「ごめん、今日は無理」と味気なく返ってくる。スルーされるよりはましかと踏んだけれど、暇になった放課後の余白にねじ込むようにして始めた戸川のバイト先の居酒屋に、見知らぬ男と堂々と入店してくることは戸川を精神的に参らせた。暖簾を潜ったタクボが自然に手を挙げ、その後ろからのろのろと続いて入ってくる男はレジの傍に立つ戸川に目もくれず、これがカレシなのか、と戸川はレジ台で小銭の束を解きながら、そして他の席にメニューを運んでいるあいだも二人を目で追うことしかできずにいた。

我関せずの姿勢を貫くつもりが、タクボの席から普段よりも大きい笑い声が立ち上がるたび、あのふてぶてしい男といったいどのような会話を楽しんでいるのか、気が気でなくなった。何度もタクボの席の前をさりげなく通りすぎ、耳を傾けて会話の糸口をつかもうとしたが、主にロックの話らしく、時にはバイクの話にも移行されたが、羅列された横文字はするりと戸川の耳から抜けて、タクボのようには心が乗らない。

週末には明らかに年嵩の大柄の男を引き連れてきた。詮方なく、戸川はそのたびに辛辣な品定めを胸の中でとりおこなっては、鬱憤を晴らすことに終始した。しかし冴えない顔の男も体毛の濃い男も亀頭みたいな髪型の男も、何かが良いのだ、タクボにとって。それらはすべて、戸川が持っていないもので。

「案外むっつりだよね」

「え」

例の喫茶店でアイスカフェラテを飲んでいると、そうタクボに指摘されて、驚いて顔を上げた。タクボはむやみに溌溂とした表情でこちらを見抜いたように、意地悪に笑う。首元で鈍く光るシルバーアクセサリーは恋人から貰ったものらしく、重たげに垂れていて、骸骨だったり十字架だったりと、全くセンスがない。

「なんか、可愛らしかったよ」笑った拍子に、タクボの鼻の頭に、小さな皺が寄る。

タクボは切り捨ててきた男を両脇に積み上げ、その屍の間にできた道をモーセのように優雅に歩いた。戸川の目には、そう映った。歩む足取りは豪快で放漫だけれど、孤独だ。タクボの机にはいつしか性器をかたどった下手くそな絵が全面を埋め尽くす様に描かれていた。短絡的すぎる欲の発散に勤しむタクボは、他者が嘲笑して暇をつぶすには、あまりに適していた。

だから、放課後になり誰もいなくなった教室でタクボの席に座って、紙やすりをスライドさせた。指にこめる力を強めても文字の深さまでは達せず、粉が浮き上がって汚くなるだけだった。それでも続けた。グラウンドから生暖かい風と共に、血気盛んな歓声が聞こえて、ようやく手を止めた。

足りない。

彫刻刀を持ち、文字の縁取り通りに削ってみると却って目立つ。これでは陰険に苛めに加担しているようなもので、白く刻印された「ビシチ」という間抜けな文字面を眺めながら、どちらが執着しているのだろうかと、呆然とした。

嫌気がさして、煙草の火を、根性焼きみたいに片隅から押しつけていく。タクボの机は痛み焼かれ、突き刺されていくあの絵画と重なるばかりで、ここに癒しを施すことは不可能なのだと、なんだか言われているような気がした。

翌日になり、帰りにタクボと待ち合わせた校門の前で突っ立っていても、タクボはなかなか来なかった。もう忘れられてしまったのだろうか、と中庭の時計台をちらちらと見遣りながら、タクボから送られてきたこれまでのメールを見返していた。中にはクスッと微笑んでしまうものが沢山あった。にやついている戸川に不可解な視線を送って、つぎつぎと生徒たちが戸川の傍を通って下校していく。

タクボとのつながりはやはり、とてつもなく強い気がするのだった。ちょっとした恋愛の端くれ程度では、タクボとの関係はほどけないという自負に駆られるほどには、当時の戸川はうとかった。戸川は記憶から、誰にも塗り替えられていないはずであろうタクボとのささやかな記録を抜き出して、並べていく。それらは長時間の電話とか、交わした会話の回数とか、あなたとわたしだけと言えるものの幾つかで、タクボの心を独占するには些事に過ぎない。……馬鹿じゃないの。優越して浮かれた思いに、ぴしゃりと戸を立てて、倦んだ。冷静に自分がそう諭すのだから、冷静にそうだな、と倦むのだった。

タクボの大事なことというのは、何も知らない。タクボの淫靡で艶(あで)やかな表情も、声を扇情的に切り替える瞬間があることも、性愛の方向に身をかわされてしまえば深遠な教理に触れるようで、戸川にはもう踏み込めない領域に、彼女はいた。知る必要がないと弾かれて、進むことのできない位置にいることを、戸川は憂いているのかもしれなかった。

しびれを切らして校舎の裏側へと回ると、駐輪場の端に影が重なっているのが見えた。咄嗟に建物の角に身を潜めた。開校七十五周年記念で植樹された銀杏の木陰で、上級生のギャル男とハグしあっているのはタクボだった。戸川は思わずその場で固まった。枝葉の間から差し込む夕陽を浴びて、蛇みたいにちろちろと出し合った舌先が、ぬるりと光沢を帯びて光るのに見入った。

男の手がタクボの服の上から果物をもぐかのように胸を摑み、それをタクボの手が、柔らかく制す。ギャル男は拗ねるが、あとにしよう、とタクボがまんざらでもなさそうに返す。鼻先をくっつけあい、サイコー、とギャル男が云う。

アホか。

校門を抜けて全速力で走り、坂道を上がって油蟬の死骸をかまわず踏みつけて息を切らし、それからどっどどっと耳に押し寄せていく鼓動を宥めるようにして、戸川はゆっくりと歩いた。一連の細部を目の奥に焼き付けてしまったことを悔いながら、ふとあの地獄絵図の苦しみに歪む人間の表情と今の自分が重なるような気がした。どうしてあんな厭らしいことをタクボは見境なく行えるのか。ああしたことを求められたいと、戸川自身が願っていないことを強く自覚させた。それでもささくれだった感情を懸命に撫でつけているのがどこか男と張り合っているようでもあり、しかし張り合いたい相手では決してなく、不思議だった。

背を丸めて歩く戸川の後ろから、自転車がベルをかしましく鳴らし、追い抜いていく。

舌打ちして避ける。

顔を上げると、後ろには、タクボが乗っている。

「あ」

タクボが片手で詫びるようにジェスチャーをとる。

ぎいぎいと錆びた音だけを残して、去っていく。


近くの漁港の上に伸びる、離島へと繋がる赤い歩道橋の袂にラブフェンスと呼ばれる金網が張られていた。袂の賽銭箱に小銭を入れて木製の箱から南京錠を取り出し、末永く縁が続くことを願って互いの名前を書いて、金網に取り付ける。歩道橋の先に広がる人工的に造られた離島は、何の有効活用も為されずに放置され、草が生い茂り、その人工島を囲う海面には動いているのを一度も見たことのない小舟が数隻漂っていた。金銭的な余裕を持たない若い恋人たちが、ホテルの代替として使うだけでなく、デートスポットになっていることや、金網にハート形の南京錠をつけると両想いになれる、という幼稚なジンクスとラブフェンスというチープな呼称は、戸川をその場所に近付けさせなかった。いつだったか、教室で男子生徒が、その場所でタクボが耽っていた行為に纏わる話を克明に語っている声が、背後から聞こえてきた。ことこまかに体位の変遷を含めたせいで、地を這うような下品な雄叫びが絶え間なく漏れていた。まじきんもっ、と女子生徒が眉を顰めて、男子の肩をばしばし叩いている。しばらくそうして非難を浴びせていたが、てかさ、あんたもそこに誰と行ったわけ？　と別の話題に移っていくにつれて、力の強さも抜けて、やわらかくなる。机で突っ伏し、腕の合間から後ろを睨め付けても、ざわめきは収まらない。

「はっきりさせよう」とタクボに云うと、「なにが」タクボは目を丸くした。

「私とも行ってほしい」

ラブホでも大橋でもいい、と切実に続けるとタクボは溜息を吐いて、額の真ん中の辺りを指で掻いた。

「あのさあ、ちょっと待ってよ」と笑う。

「それって友達と行くところじゃないでしょ。重いって」またタクボの耳たぶに穴が増えていた。可愛い、と思ったが、可愛いのはタクボであって、穴に収まった小振りなピアスではなく、それを与えたであろう相手のけなげさでも優しさでもなかった。

もやもやとした感情に再び身を沈める。悲しみにも憎しみにも寂しさにも近いけれど、掘り進めるとその根底にどっぷりと寝そべっている、好き、にこつんとぶつかる。至ってシンプルな話を厄介に捻じ曲げてしまっているのだろうか。単純な感情だからこそその軽薄さを冷笑するように、タクボは目を細めたまま続けた。

「そこはね、戸川とは行きたくないところなの。わかる?」

わからない。

「盛り上がらないじゃん、だって」

そうかもね。

帰ってきてふて寝していると、勉強くらいしなさいよ、と母が扉の前で大声を張り上げた。さっと頭まで薄手のブランケットをもち上げると、躊躇なく部屋に入ってきた母のシルエットが繊維越しに、モザイクで張り合わせたように透けて見えた。

「そんな調子じゃ市場で余るわよ」

教訓じみた話でも垂れ流すのかと思えば、母はそのまま黙って居室に戻った。何年も前から深夜に始まる工場勤務の前、母は資格を取得すべく勉強に時間を費やしていた。そういえば母は引っ越しを繰り返していた頃も、職場は変わっていなかったのだから、子供心に感じていたよりも狭い円環の中で巡っていたのかもしれない。母は既に、三回連続して試験に落ちている。

「馬鹿なの?」と訊くと、「何言ってるの、めちゃくちゃ難しいのよ」と母が返した。不機嫌そうな声よりも、母の見開かれた目の具合から、戸川自身の無知を突き付けられたようで怯んだ。司法の部分が特に難しい、と百円ショップで購入した老眼鏡を手元に近づけたり遠ざけたりしながら、白熱灯の下で、次に続く文字を睨んでいた。

[件名：おーい　戸川、どこいる？]

授業中、机の脚を伝ってバイブレーションが鳴った。机の下で隠す様に開いた画面の中で、タクボからのメールの文面を目で追うと、一気に鼓動が速まる。男の二股をギャルに咎められ、タクボが怪我を負ったのは記憶に新しかった。

タクボは男の本命でないほうだった。タクボの話によれば、公園の裏に構えた掃除用具室に呼び出され、本命相手であったギャルに突然暴言を放たれた。二人は取っ組み合いの喧嘩を始め、当の男はそそくさと逃げてしまった。待って、と云う間もなくギャルのデコった長い爪の先がタクボの目をかすめた。痛みに狼狽えてタクボは体勢を崩す。その隙に、胸元をギャルに突き飛ばされて倒れ込み、タクボは髪の毛を鷲掴みにされて掃除用具室に引きずり込まれ、そのまま閉じ込められたのだ。随分と、難儀なことだった。

這いながら、運よく充電の切れていない携帯にメールを打ち込み、そのときも、

「戸川、どこいる？」

だった。

公園に駆け付けると、扉につけられていたハート形の南京錠に「タクボサヤ♡コンノマサヤ」と書かれていて、その油性ペンの筆跡は滲み、タクボサヤの部分には執拗に刃をあてたのであろうひっかき傷が幾つも重なっていた。ぞくりと背筋が粟立ち、その場からすぐに立ち去った。

急いで近所のホームセンターに駆け込んで工具用品の揃ったコーナーを物色し、至ってスムーズな動線で破壊に用いる品々を次々に万引きした。初めての盗みだった。ヤクザハウスに入門する日も近いかもね、とタクボに囁かれた気がしたが、隣にタクボはいなかったし、いつの間にか、いなくなっていた。渾身の力を込めて南京錠の側面にハンマーでテンションをかけると、何度も叩きつける前にあっけなく開いた。既に開いてぶら下がった南京錠を、更に、叩く。ゴンッ！　ゴンッ！　と激しくて鈍い音が立ちあがるたび、戸川は魂を込めて、とある不穏な思いを念じた。スカートのポケットが震えて騒がしかった。うっすらと掻いた汗を腕で拭い、携帯を開くと、

「戸川、いい、その調子」

とメールが来ていた。

ふう、と一息ついて、凹んできた南京錠をみつめる。

また、振り上げる。

マサヤ逃げるな。マサヤ逃げるな。マサヤ逃げるな。逃げるな、死ね!!!

机の下で先生の目を盗み慌てて打ち込む。

教室だけど。タクボは?

少しして、家、とくる。

タクボの家は学校の裏門のすぐ傍にあった。その近い距離を、チャイムが鳴ると同時に教室を飛び出して、走った。門扉を開くかインターフォンを先に鳴らすかで迷っていると、二階の窓からヨッ、とタクボが顔を出して、引っ込む。玄関に降りてきたタクボの顔は、いつもより浮腫(むく)んでいた。

「よく寝たもんだ」欠伸(あくび)をして腕を伸ばし、気まずそうに顔を俯かせた。

「実はね、ヤモリが浴室に出たのよ」廊下の先を指す。タクボの家には誰もいなかった。

ヤモリ? 安堵して、力が抜ける。

「だから、頼むわ」

浴室の天井にヤモリはたしかにいた。戸川はシャンプーやボディーソープのボトルを一瞥し、ふうん、とタクボの匂いの元を確認すると、もう一度ヤモリを仰ぎ見た。影で大きく見えるだけで実際はこどもヤモリだった。行き場をなくし追い込まれてしまったようで、天井の隅でこちらの動向を窺うようにかさかさ蠢く。しばらく観察するように見つめ、小窓を開けて追い出してやった。

タクボの家の中に入るのはそのときが初めてだった。浴室から出て長い廊下を歩き、リビング、続いて畳の和室と縁側まであり、突き当りの扉を開けると書斎があった。扉の横にある木の柱に成長の印が色を変えて二本ずつ刻まれているのは、あまりにも古典的な家族像を見ているようだったが、……二本？　そうだ、タクボにはきょうだいがいる。鴨居に掛けられた先祖の面々の写真も、新しく林檎の供えられた仏壇も、人が人へと引き継ぐ名残の中に、タクボのルーツがきちんと沁み込んでいるようで、そうした片鱗が目に触れるたび、どこか郷愁めいた気持ちが膨れ上がった。しかしどれも戸川の家にはないものである。経験のないことをさも懐かしく感じられる原理が不思議で、もしかして前世では、タクボと家族だったのだろうか、とばかげたことを思う。

金枠の額縁に入った表彰状が飾られている。「田窪和希」……木の柱をもう一度見遣ると、途中から赤色が緑色にぐんと幅を持って追い抜かれている。

「いなくなったよ」

戸川が二階に上がるとタクボは胡坐をかいて、マニキュアの剝がれた足の爪をいじくっていた。「せっかくシャワーを浴びて学校に行こうと思っていたのに気が削がれた」と顔を伏せたまま云う。

「ヤモリ、意外とかわいいよ」

「予測できない動きをするから気味が悪い」

タクボは机の引き出しの中から飲みかけのペットボトルを取り出すと、それを傾けて勢いよく口へ運んだ。端が折られて皺だらけのプリントやら割引クーポン付きの化粧品のチラシやらが雑然と放り込まれ、引き出しのスムーズな開閉を阻んでいた。整理ができないのではなく殆ど家に帰らないから汚れていく、とタクボは云った。

「頰どうしたの」

出来立ての痣だった。

タクボはうつむいて、ああ、と頰に手を添えるのみで何も言わないので、

「また寝取ったの?」

と訊いたけど、

「違う」

鼻に皺を寄せて、タクボは首を振る。

「そもそも寝取りたくて寝取るんじゃない、向こうが言わないだけで」

「それはどうだっていいよ」

「カリカリすんなよ」

「してない」

「あ、そ」

思わずタクボをどこか責める言葉が口をついてでてくるたび、戸川はやるせない気持ちに駆られた。身が細りそうになる苦しさが胸に満ち拡がる。無言のまま、停滞した空気に押し込められていると、タクボはペットボトルの蓋を固く閉めて、机の中のチラシの合間に突っ込んだ。

「仮に抗えない屈強な壁が立ちはだかったとき、戸川はいつもどうしているわけ？」

予想外の返答だった。「抗えないって、何に」

「うちの兄貴さ、自衛隊やってるんだよね」

「そう」

「だから急に帰ってくる。ほんと、急に」

「かずき?」

「そう、バカズキ」

タクボは息を押し出して意を決したように続けた。

「帰って来るや否や、我が物顔で命令口調でさ、あれ持ってこい、あれ食べたいって人の時間や手間を踏み倒していくのに、一切の躊躇がないんだよね。挙句さ、知ってんだからなって、馬鹿にして笑いながら殴ってくるのよ。腹を、主に腹を。お前なんかが妊娠したってろくでもない奴しかでてこないんだから、誰も助けてなんてくれないからって。今に見てろって、調子に乗るな、って、蔑む。どうして言葉を持ち合わせないやつが、力を備えちゃうんだろう。それとも力が備わるから、言葉を尽くすのがだるくなって、ああなっちゃうのかな」

カーテンが風をはらんで、ぼふぼふと音を立ててなびいた。日が沈んで部屋が翳りだしている。五時を知らせるサイレンがうおおんと轟くように鳴ると、タクボは嫌そうに眉を顰めて窓を乱暴に閉める。しんと水を打ったかのように静かになる。

「なんで力の備わったほうと、そういうことしちゃうの」

「なんでって」タクボは呆れたように戸川を見返した。「相手に馬乗りになっている時の私は、首だって絞められるんだよ」なんてことを、言う。

「馬鹿だね」

「枕で顔を埋めることもできるよ。要するに、実はいつだって、殺すことだってできる。だからそのときが一番、戦士の心持ちになれる」

別に戦わなくていいのに、と云いかけて、しかしタクボが今求めているのはそういうことではないのだとも悟った。こうしたとき、倒れ込むように体を重ねられるわけでもない戸川に、いかようにしてタクボを慰めることができるのか、そのすべがわからなかった。タクボを撫でる言葉を手探り与えることでしか埋まらない隙間に、しかし言葉を用いないまま、身を委ねたかった。

「なんでこのタイミングで、泣く?」

泣いてない、と首を振った。

「あんた、やっぱり友だちっぽくないね」

タクボはじりじりとにじり寄るように戸川の傍に来ると、背中をぽんぽんと叩いて、やんなっちゃうよねえ、とリズムをとるように掌を弾ませて云った。肩が一気に重くなる。タクボが頭を載せたのだ。柑橘系の甘い匂いがして吸い込む。更に意識を潜り込ませると、少し汗ばんだタクボの皮脂の匂いに達する。タクボはそんなことにも気づかないで、なんか、どうしようもないよね、と口ずさむように嘆く。どうしようもないね、と戸川も返した。

「ねえ戸川、これから先もなんかあったらさ、また守ってくれる?」

憂いを帯びた顔を向けられると、戸川はまた、タクボにぎこちなく笑いかえしてしまう。泣きたいような笑いたいような、歯切れの悪い表情を、たたえる。もっと誰かに頼ったほうがいいんだから、とタクボへ腕を伸び広げるような気持ちが沸々と滾ってくる。身体の隅々にまで宿ったありったけのタクボへの好意を掻き集めたが、やはり云いそびれた。ヤモリはともかく、不規則な動きをする人の気持ちの奔流がタクボに流れ込んで悲しませないことを、しずかに願っただけだった。本当に願った。

＊

風呂に入りテレビを消し、布団にくるまっても取り留めなく考えることをやめられなかった。明日は土曜で、晴れるのだという。何かを動かすガタガタとした振動が、隣の家から壁越しに強く伝わってくる。またあのかしましい雑音と煙の訪れる気配が、流れ込んでくる。

寝返りを打ちながら、目が慣れてきた薄闇の中で家具の輪郭をなぞった。ＩＫＥＡのラック、薄型の液晶テレビ、ところどころに指紋のついた姿見、木製のローテーブル、形の崩れたクッションにソファは、今後、引っ越しても引き継がれてきっと変わらない面々だった。窓の外を通り過ぎるトラックや自動車の騒音がふくらんで萎んでいくのを聞きながら、こうして仰ぎ見ている箱の中は、置かれたものとそれを取り巻く生活は、何一つとして変わらないままだと思う。

云ってしまえばよかった。

高校を卒業した後、タクボは地元の私立大学に、戸川は東京の国立大学に進学した。タクボからの誘惑を絶ち、現世に漂う一切の娯楽をも振り払ういきおいで、受験に力を傾けた。タクボは相変わらず両側に積み上げる屍を、堅実に増やしていっているようだった。ぽつぽつと近況を報告したり、内定がままならない愚痴などを交わしたりもしていたが、次第に話はかみ合わなくなっていき、そうともなるとやり取りの回数も極端に減ってきて、五年前、出向で東京の営業所に来ることになった、とタクボから電話が入るまで、彼女が働いて過ごしている姿など、考えもしなかった。

「ようやくだよ、出れるよここから」

スマホの向こうでタクボの声が高く撥ねた。

「営業所って、どこなの」

「赤羽」「それ、東京じゃないから」戸川は笑った。

「いや、赤羽は普通に考えて東京だから」とタクボも語気を強めて譲らないまま、笑う。アーダコーダ、適当に喋る。で、なんだったたっけ？　あ、そうそう。戸川とまた近くなったねって云いたかった、ただ、それだけ。

誰かと付き合い、肌や唇を重ね、温度の移ろっていく皮膚と皮膚の合間に滲む汗を指先ですくっても、殺したい、などと不吉な感情を秘めながら、男性を見下ろすことはなかった。付き合っている相手をそれなりに好きにもなれたし、その相手との関係がぎこちなくなれば、全うできなければ、素直な寂しさを発露して伝え、きちんと不安になれた。出会いもあり、多くはないが、痛い目にあうことに疲弊もした。相手に離れられて、または振り払われてしまえば、傷ついた。雲を摑むような心許ない反動が返ってくるのは、いつものことだった。

ふと、七号室にどのような人が住んでいるのかを、確認したくなった。ここからだと六駅分ほどの距離だ。十数台置かれている駐輪場の、隣の自転車の荷台と絡み合ったジャイアントを後退させ、漕ぎ進める。その方面に疎いせいで、タクボの夫にこのモデルを選んでもらったのだ。シティサイクルとロードバイクの違いを子細に語りながら、一緒に店についてきてあれこれ指南してくれたタクボの夫の横で、その隣に置いてあったビアンキの、ティファニーのような柔らかい水色の色合いに戸川は見惚れていた。「かっちょいいー」タクボが横から、ジャイアントのフォルムをやさしく撫でた。それで、選んだ。愛着が湧き、正解だった、と今では思う。頰に当たる夜風が、運動不足で迸り始めた体を冷やしていく。パーカーで正解、とも思う。秋が近い。

タクボのマンションに近付くと一気に閑静な住宅街に切り替わる。小路に入ると次第に街灯が減って人気が無くなり、月明りとスマホが光の頼りになる。淡い布地を敷いたような薄い夜の中をいつも一人で歩き進められるのは、目的地がタクボだからだった。

どの部屋の照明も落とされていた。自転車を路肩に寄せて、サドルにぶら下げていたチェーンをかけると、ガレージの一つ一つを見て回る。自転車とロードバイク一台。フォルクスワーゲン、アルファロメオ、前と後ろに籠を載せたママチャリ。タクボのガレージはディフェンダーが入らないからと、近隣の駐車場を別で借りている。余ったそこのスペースに、シティバイクが二台置いてある。どちらも旦那の趣味だ。隅にバケツと折り畳まれたテントが、二人の充実した気配を一番に残したまま置いてある。別室のバルコニーで、はたはたと七色の色鮮やかなハンモックが揺れている。いい家だなあ。……いやそうじゃなくて。不動産屋が告げた内幕によれば、タクボが教えてくれるより随分と前に、七号室は既に別の家族に引き渡されていた。隣に越してきたんですけど、なんて挨拶も東京だとないのだろうかと驚くが、当たり前にないのだろう、戸川も経験がなかった。引っ越すんですよ、これまでありがとうございました、とかも。ひっそりと荷物を積んで、そのまま振り返ることもなく去っても成立する、東京の清々しさを、戸川も好んでいた。

　ほんとうは、タクボはもっと早くに伝えようとして、しかし夫に咎められたのではないか、と戸川はひそかに思っていた。二人の生活を覗くつもりも邪魔をするつもりも毛頭なかった。だから、別にどうしたいわけでもないのだが、それでもタクボへの邪（よこしま）な思いはきっと、夫には見透かされているのかもしれなかった。そう思うのだ、なんとなしに。一緒に住むことを先約したのは、こちらなのに。

ふと顔を上げ、「行方不明中のインコです」という電信柱の張り紙に焦点を合わせているうちに、鼻に熱がこみあげてきた。こんなことで泣くなんてどうかしているし、泣くほどのことでもなく、であれば理由がないことに泣いているのかもしれないが、そちらもなかなかにどうかしている。タクボへの好意を表すものが新たな友情でも、友情を超越するものでも、友情を壊すものでもこの際どうでもよかった。どうでもいいはずのことが、タクボの傍にいるのを願うことと繋がる不可解さは、心地よいものではなかった。

駐車場の縁石に仕方なしに座り込むと、目の前にタクボ家のディフェンダーがあった。夜闇に、ずっしりとその風格を沈めている。

やっぱり、でかいな、と思う。夫の存在。

夜露のせいかこの辺りは雨にでも打たれたのか、縁石は少し濡れていたが感触の馴染みはあった。小さい頃、家に一人でいることに耐えきれなくなると、戸川は外で過ごした。中途半端に解体された家屋や、埃塵の舞う廃墟に折り重なった木材、人気のない河川敷、駐車場の縁石……どこでも戸川の尻の下に敷かれた。座る場所がなければ見繕った。それが砂場でも、陽射しの名残が熱として籠っていても、汚れていてもかまわなかった。座る場所が決まると膝の上で宿題を開いた。鉛筆の筆圧を誤りプリントに穴を開け、スカートから覗く太腿をたびたび傷つけた。それでもほっとした。帰るべきはずの、表札の貼られた部屋は、どうにもよそよそしく感じられた。空が赤く染まり、薄めたようにまだらに散っていき黒へと移ろうまで、飽きもせずにじっとしていた。囲われていなければ地獄だと母は云ったが、囲われないことで手に入る安堵があるということを、母は知らないだけだった。

帰るきっかけを見失ったままぼうっとしていると、物影が動いて、どきりとする。はっとして目を凝らしたが、猫であり、タラコではなかった。

正月に入り産婦人科で無事に出てきたのは男の子で、だからタクボとはまた、トモダチの予約が取れなくなった。タクボの夫は新生児室のボードに手をついて、最後の別れみたいにおんおん声を出して泣いた、動作がパントマイムみたいで大袈裟で超おかしくて笑った、とタクボが電話越しに云う。戸川も、笑って返す。

「夫、意外だね」

「普段はあんまり感情が昂らないタイプなんだけど」

「愛らしいね、二人とも」そう云ってみるが、どうだろうか。

「でもさ、赤ん坊ってずらりと並んでるじゃん？　別の子を見て泣いていたんじゃないかって気さえする。あんな必死な形相で……ふ」思い出すと可笑しいのか、話すと喜びが格段に膨れ上がるのか、タクボは不気味な引き笑いでフフフフ、と転げ落ちるように続ける。

「いつ、抱かせてくれる？」

戸川が問うと、通話が途切れたかのように静かになった。

「……赤ん坊だよね」

失笑を混ぜたような調子でタクボが返すので、あぁ、となる。

「ああ、良いよ、いつだって抱きに来なよ。といっても私も体調がまだ微妙だから、正直いうともう少し先がいい。あ、写真送るね。かわいいとか、戸川、全然思わなそうだけど」

電話が切れて直ぐ、スマホの画面に見慣れない強面の坊主男の写真が流れてきた。緊張でもしているのか、赤ん坊を抱きかかえつつも、微笑みが拙い。口角が上がり切っていないせいで、笑顔か歪みか判然としない。

か。

「誰これ?」すぐに既読がつき、「それね、バカズキ」と返ってきた。これが、バカズキ

戸川はアップにされた、皺くちゃなタクボの赤ん坊の写真を引き伸ばしてプリントアウトすると、壁に張りつけた。赤ん坊はどことなくタクボに似ているような気もする。どんどん似てほしいとも願っている。寝そべりながら画質の荒いそれを、眺める。

煙草を吹き上げ今日で最後にしよう、と長くなった灰を灰皿の縁で軽くたたいて落とす。やっぱり簡単に変わることは無理だろうか、と考えることは今は幸福だった。赤ん坊に受動喫煙はよくないのだし、顔に近付けて放つ吐息を手で振り払われぬように努めたいところだったが、タクボの夫は一年近く先に禁煙しているのだから、常に先を越されているわけである。これで止めよう、と買い溜めたカートンは残りわずかだった。

早く、抱きたかった。

赤ん坊の手がタクボの夫の指を摑んでいる一枚を見遣りながら、高校生の頃を思った。ヤクザハウスの前を通るたびに、「こんな広いとこに住めたら万々歳だよな」とタクボから唐突に切り出したことを、思う。

「どうやって?」

「何人か殺して駆け込むのはどうだろう？」タクボがあまりにも神妙な面持ちで云うので、思わず噴き出した。

「目星は付けてる？」

「そりゃあもう沢山」タクボの口からするすると挙がった数人は、知らない名ばかりだった。

「だから、戸川といつか一緒に住んでみたい」

その科白に息を呑んだ。

「……ほんと？」

「うん。だから、二部屋貰おう。そうしたら老後も、怖くないし」

たくらむような表情で、タクボは肯いた。

「老後とか、はや」

「大事でしょ、そういうのって」

タクボが笑う。

そんな素晴らしいことがあればいい。戸川は同時に、殺すべき人間を頭の中で必死に探り並べてみることにしたが、しかし幾ら頭を捻っても改めてその対象を探すのは存外難しく、銃弾の痕跡を残したあの扉を叩くには、積極的に悪行にも励まなくてはいけない、そう真剣に考えて、これにも笑った。悪行は空想と理想を織り交ぜて完成された。さもこの目で見たかのように雄弁に語り、虚勢を張って人を丸め込み、惜しみなくものを盗み、日々を繋ぎ、生きる。

こわいけど、それも悪くない。そんなことをあのときは、静かに思っていた。

あわよくばこの息子と結婚でもさせてもらえないだろうか、となんとなしに文字を打ち込むと「生まれたてに、なにをいってんの」とタクボがスタンプと一緒に送ってくる。

相変わらず隣の部屋は騒がしい。昼過ぎになって、こっそりと扉を薄く開けて共用廊下を見渡した。家の前にトラックが、一台止まっている。狭い公道だから、後方から盛んに車にクラクションを鳴らされている。隣の玄関前には、通路を遮るほどの段ボール箱が積み重なり、その下に青色のシートが敷かれていた。

「すんませーん、できたらこっちを先に運んでくださーい」

靴を突っかけて出てきた男は仁王立ちして、業者に感じ悪く采配を振っている。

……あの因縁の。あの燻製の。

どうせ最後ならば文句の一つでも云ってやろうかと気持ちが勢いづいたが、ばたばたと往来する業者の慌ただしい気配におされて、結局、扉を閉めた。戸川は伸びすぎた豆苗を鋏で剪定するようになだらかに切り落とした。食する目的でなしに、陽の光を求めて腕を伸び広げる植物に、既に愛着が芽生え始めている。

三度目の更新がくる。あと二十日はある。

すんませーん、すんませーん、と呼びかける声が、いつまでも部屋に届いてきた。

初出誌「群像」
「ごっこ」　二〇二二年八月号
「見知らぬ人」　二〇二三年十一月号
「はこのなか」　二〇二一年十二月号

紗倉まな（さくら・まな）

一九九三年、千葉県生まれ。工業高等専門学校在学中の二〇一二年にSODクリエイトの専属女優としてAVデビュー。著書に小説『最低。』『凹凸』『春、死なん』、エッセイ集『高専生だった私が出会った世界でたった一つの天職』『働くおっぱい』などがある。初めて書き下ろした小説『最低。』は瀬々敬久監督により映画化され、東京国際映画祭にノミネートされるなど話題となった。文芸誌「群像」に掲載された『春、死なん』は、二〇二〇年度野間文芸新人賞候補作となり注目される。

ごっこ

二〇二三年二月二〇日　第一刷発行
二〇二三年四月一九日　第二刷発行

著者――紗倉（さくら）まな

発行者――鈴木章一
発行所――株式会社講談社
東京都文京区音羽二―一二―二一
郵便番号　一一二―八〇〇一
電話　出版　〇三―五三九五―三五〇四
販売　〇三―五三九五―五八一七
業務　〇三―五三九五―三六一五

印刷所――凸版印刷株式会社
製本所――株式会社若林製本工場

ISBN978-4-06-530447-1